AF284067

Die Verwandlung auf Mallorca
Vom Ehemann zum Spatz in der Altstadt von Alcúdia

Für
          Aniela
Angela
          Martin
Matthias
          Stephanie
Hans-Georg
          Ingrid
Christian
          Annemarie
Ursula
          Helmut
Gunther Hörtling
          Maria Schmidt

Joachim Otto

Die Verwandlung auf Mallorca
Vom Ehemann zum Spatz in der Altstadt von Alcúdia

Bibliografische Information der Deutschen Nationalbibliothek: Die Deutsche Nationalbibliothek verzeich-
net diese Publikation in der Deutschen National-
bibliografie; detaillierte bibliografische Daten sind im
Internet über http://dnb.dnb.de abrufbar.

© 2018
Herstellung und Verlag: BoD – Books on Demand,
Norderstedt.

ISBN: 978-3-7528-7881-3

Liebe Leserinnen und Leser!

Ob im Urlaub oder in vorfreudiger Erwartung, wer hätte gedacht, dass ein frustrierter Ehe-und Familienvater während seines Sommerurlaubes auf Deutschlands beliebtester Ferieninsel aus lauter Sehnsucht nach Freiheit und tollkühnen Abenteuern einer verrückten mallorquinischen Verwandlung entgegenfliegt?

Von wo aus Sie auch „mitreisen", ob von Balkonien, unterwegs oder entspannt zwischendurch im Alltag, lassen Sie Ihrem Fernweh freien Lauf und begleiten Sie Familie Sperling in ihren Urlaub, der so manche kuriose Überraschungen offenbart.

Ich wünsche Ihnen viel Freude, sonnenreiche Urlaubsstunden, mit unvergesslich zauberhaften Erlebnissen!

Ihr Autor

Joachim Otto

Zum Überfliegen

Seite 1 Stoßseufzer: Endlich Urlaub! Raus aus dem verflixten Alltagstrott!

Seite 29 Mal allein - wie früher als Single

Seite 41 Marisa, der schönste Vorname für eine junge Spätzin aus Alcúdia

Seite 49 Wonne pur: Nebeneinander fliegen

Seite 55 Statt Urlaubshysterie, lieber ein wenig Alcúdia-Historie!

Seite 61 Wie Marisa und Micha zu Spannern wurden

Seite 67 Der erste Nestbau

Seite 71 Ein riskanter Ausflug zum Cap de Formentor

Seite 83 Schwerstarbeit: Erst Liebe, dann Brüten…

Seite 99 Das große Erwachen

Stoßseufzer: „Endlich Urlaub! Raus aus dem verflixten Alltagstrott!

Wie schnell eingefleischte Mallorca-Urlauber bundesweit umbuchten oder gar stornierten, wurde für Reiseveranstalter zur erschreckenden Gewissheit, als schwere Regenfälle und Stürme die Insel heimsuchten.

Mallorca-Fans hatten wenig Verständnis für die zunehmend umweltgestörten Wettereinbrüche, die auf den Balearen (katalanisch: *Illes Balears*, spanisch: *Islas Baleares*) verrücktspielten, Palmen knickten, schlammige Algen, tote Muscheln und all den übrigen Unrat an den geliebten Urlaubsstrand spülten. Sogar Schnee bedeckte die heiße Insel. Das Meer bäumte sich auf wie ein Ungeheuer aus den Tiefen, überspülte Strände und riss wie mit aufgerissenem Riesenmaul Land mit sich weg. Drei Meter Schlamm am Strand von Alcúdia im hohen Norden von Mallorca und natürlich auch anderenorts. Eine wahnsinnige Herausforderung für riesengroße, bulldogartige Raupenschlepper, die nachts anrollten. Zusätzlich mit Baggern und Lastwagen. Wie die Heinzelmännchen, berichteten Urlaubsgäste vom Hotel am Strand, rückten Spezialisten von Stadt und Umkreis mit lautem Getöse und Gebrumm an, um den übel stinkenden Strandmorast aufzuladen und so rasch wie nur möglich außerhalb der Stadt wieder aufzutürmen.

Michael Sperling aus Stuttgart (45), seine Frau Iris (39), die beiden Töchter Vanessa (14) und Miriam, das Nesthäkchen (9), ließen sich von schlechten Nachrichten aus Funk und Fernsehen nicht einschüchtern. Sie wollten unbedingt wieder auf diese stets verlockende Insel fliegen. Der übliche Tagesschau-Wetterfrosch prognostizierte nach all den Bildern von Stürmen in gewohnt launiger Weise gutes Pfingstwetter für die Balearen. Das genügte und machte Mut, Mallorca treu zu bleiben. Frau Sperling packte fast zwei Tage lang die Koffer für ein wonniges Wiedersehen im Land der Kapern, Mandelbäume, Dattelpalmen, Kakteen, Wassermühlen, Zisternen, in sonnenhungriger Vorfreude auf Strand und bestimmt endlos blauen Himmel. Schön Käffchen trinken, zum Shoppen auf sexy Römer-Sandaletten schlendern, abends dem heiß sommerlichen Grillenzirpenkonzert auf den Feldern vor der Altstadt von Alcúdia verträumt lauschen, ins Abendrot träumen, nach einem guten Rotwein mit *Penne a la langosta* und einem Rieseneisbecher den lauen Sommerabend krönen.

An einem verregneten Samstag gegen Ende Mai wartete auf dem Flughafen Echterdingen die Airline-Maschine unbeweglich lauernd wie ein blinzelndes Krokodil am Ufer auf seine sonnenhungrigen Palma-Passagiere aus dem Raum Stuttgart. In der Schalterhalle ratterten auf der Anzeigetafel die kleinen Digitalblättchen wie summende Bienenflügel und zeigten in gewohnt schnurrender Routine Abflüge an. Auf der untersten Reihe: Palma 17 Uhr 30, Gate 160-168.

2

Michael Sperling, ein einmeterzweiundachtzig großer, stattlicher Familienvater, mit etwas Glatzenmittelgang, auffallend dunklen Augen, überdacht von schwarz-buschigen Augenbrauen, erster Bauchansatz eines Mitvierzigers, knallroter Designer-Brille, die sein ernstes, etwas blasses Gesicht straff kontrastierte, war Bereichsleiter in einer Stuttgarter Privatbank.

Wie so viele Urlauber durchlief er mit seiner Familie den touristischen Regelkreis von Schalterhalle bis hin zur Leibesvisitation, Wiegen und Aufgeben der ebenfalls knallroten Trollis, um endlich mit Iris, Vanessa und Miriam von dieser Last befreit, mit dem Airbus zur Taxiway zu fahren und sich in den Bauch des prächtigen Airline-Vogels einzuverleiben.

Seine Frau Iris war von auffallender Koketterie, angepasster üblicher Wohlstandseleganz, hastig, wichtigtuerisch und üppig proportioniert. Sie trug zudem noch einen engen Overall mit einem hellblauen, kühn auf den Schultern verknoteten und elegant geschwungenen Batist-Schal. Auf dem blond gesträhnten Bubikopf eine soeben erworbene neue, supergestylte UV-Sonnenbrille, wie sich das für modebewusste Ladies zur Urlaubszeit so schickt. Beide Töchter, Kaugummi kauend, im T-Shirt „*I love Alcúdia*", in weißblauen Turnschuhen und Teddybär-Anhängern an den Trollis. Familie Sperling stand nun vor dem lästigen, aber notwendigen Reglement der Sicherheitsvorkehrungen.

Banker Sperling war bis in die letzte Pore urlaubsreif, total genervt von der neuesten Personalpolitik seiner Bank. Mit vorsichtigen Ahnungen, möglicherweise seinen Job zu verlieren, weil immer mehr Banken Filialschließungen und Personalkürzungen ankündigten, um die „Personaldecke sozialverträglich

4

herunter zu fahren", wie das die Marketingexperten immer so schön beschreiben. Der Betriebsrat der Bank rotierte, sprach von Streik, an dem sich auch Vorgesetzte mit beteiligen sollten. Die hohe Geschäftsleitung empfahl den Führungskräften zum „Haus" zu stehen, also zum personellen Abbau als Vorgesetzter gegen seine Mitarbeiter beizutragen, mit der Maßgabe, es könne sonst Konsequenzen haben. Daher trat Michael Sperling mit großer Sorge seinen Urlaub an und grübelte Tag und Nacht, ob es richtig war, gerade in so einer besonders prekären Situation auch noch Urlaub zu machen. „Dir kann doch nichts passieren!", übertünchte seine Frau seine Bedenken, mit aufreizendem Lachen, das umsäumt war von knallrot geschminkten Lippenbändern. Er wollte es ihr einfach nur mal vorsichtig andeuten, falls er arbeitslos würde. Aber sie lachte wie immer lauthals, wenn sie nicht Anteil nehmen wollte. Wenn er nur brav sein Geld heimbrachte, war alles okay. Seit sie selbst wieder in einem Architekturbüro arbeitete und dort dominant Chefsekretärin spielen durfte - und auch schon mal mit ihrem Chef, wenn auch oberflächlich harmlos „techtelmechtelte", stand sie immer im Mittelpunkt der entzückenden Hallöchen-Rufe, begleitet vom Küsschen geben rechts und links, mit Rücken streichelnden Umarmungen und den berühmten VIP-Schmatzern „muah, muah, muah".

Immer öfter fiel Michael auf, dass sie im Schlafzimmer viel zu schnell einschlief. Sie wolle gleich schlafen, der Tag sei anstrengend genug gewesen. Das waren ihre ungewohnten, abwehrenden und schließlich auch für ihn verletzenden Worte. Sie sei so müde und unterstrich dies pantomimisch mit einem ansteckend langgezogenen Gähnen.

„Ein anderes Mal, mein Lieber!", ergänzte sie erneut gähnend und sank dann sanft einschlafend in ihr Kopfkissen. Seit etwa sieben Jahren, rechnete er erschreckend nach, war Funkstille in ihr sexuelles Leben eingekehrt.

Niemand auf der Welt würde ihm das glauben! Er erzählte es nicht mal seinem engstem Freund Felix vom Tennisclub. Dass er in dieser Zeit nichts „unternommen" hat, gerade im Tennisverein, würde ihm niemand abnehmen und ihn eher für einen Schwächling halten bzw. als Weichei beschimpfen. Er tröstete sich mit der Ausrede, dass das nach Jahren wohl üblich zu sein scheint, wenn weder spezielle Hilfsmittel noch offene Gespräche mit besonderen Wünschen geäußert werden. Es „lief kaum etwas" zwischen den beiden, wie das meist so schäbig ausgedrückt wird. Die berühmten Schmetterlinge waren schon lange davongeflogen. Die glühende Hitze, die bei beiden einmal lichterloh brannte, war wie erloschen. Sie brauchten sich anfangs nur anzusehen und wussten, was sie früher oder später am Abend noch erleben würden. Nun ließen sie es einfach dahin schlendern: Beruf, Kinder, Schwiegereltern, Freunde, die jährlichen Geburtstage, weihnachtliche Jingle-Bell-Tage und die übliche idiotische Silvester Knallerei.

Bei Iris und Michael kehrte mehr und mehr Schweigen ein, analog der dusseligen Schlagerdevise „Die Gefühle haben Schweigepflicht". Es folgten erschlaffende Jahre. Einer will noch lesen, der andere würde gern kuscheln, oder gar noch schmusen. Dafür gähnende Leere und kein gegenseitig abendliches „Beziehungslüften": „Wie war der Tag bei dir"? Dafür grob schnarchendes Einschlafen von den angeblichen Anstrengungen eines turbulenten Tages. Oder

6

mal nachdenklich: „Du Iris, wir sollten mal miteinander reden!" „Wozu Schatz? Hast du Probleme? Bitte doch nicht mehr heute Abend!". „Wann dann?", kam dann die frustriert gereizte Gegenfrage, die das Einschlafen zur Qual machte.

Was half ihm aller Respekt in der Bank und bei den Kollegen und Kunden, wenn seine Göttergattin nichts mehr von ihm wissen wollte? Die Ehe mit Iris war im Laufe der Jahre mehr und mehr gewelkt wie Blumen in einer Vase ohne Wasser. Er verabscheute ihre Oberflächlichkeit und ihr aufgeputztes, animierendes Verhalten gegenüber Jedermann. Sobald Männer aufkreuzten und sei es noch so belanglos und ohne irgendwelche Absichten, kam sie gleich in Fahrt. Ob sie doch was mit ihrem Chef hatte?

Mit diesem Urlaub hoffte er erneut, dass sich wie früher, als die Kinder noch kleiner waren, dieses für ihn übermächtig angestaute Problem vielleicht etwas entspannen möge. Dieses Mal buchte er für seine beiden heranwachsenden Töchter ein zweites Zimmer. So hoffte er, endlich mal wieder zu zweit zu sein, nach einem herrlichen Alcúdia-Urlaubstag, wohlig nebeneinander in die mallorquinische Nacht träumen zu können.

Michael Sperling fühlte sich trotz der ehelichen Diskrepanzen nicht gedemütigt oder geprellt. Er hatte zwei goldige Töchter, die ihn liebten und sich ihm auch oft mehr ihm anvertrauten als der meistens oberflächlichen Mama, die nur für Spaß und Wellness ansprechbar war. Michael Sperling war in der Bank angesehen und bei seinen Kunden ein gefragter Berater. Seine Fachkompetenz brachte ihm innerhalb kurzer Zeit den Bereichsleiter in der Kundenberatung mit insgesamt 35 Mitarbeitern ein, die er zudem noch über zwei Gruppenleiter zu führen hatte. Er konnte mit dem Geld der Kunden sehr gut umgehen und für die Bank immer noch gewinnbringend arbeiten lassen. Warum hatte er eigentlich berufliche Existenzängste?

Je mehr sich Iris abwandte und kaum mehr Augen für ihn hatte, nur auf seine EC-Karte, die sie sich gerne mit PIN-Nummernkenntnis auslieh, desto aggressiver und ruppiger wurde er ihr gegenüber. Das spürten seine heranwachsenden Töchter. Seine ständigen Anspielungen und Zweideutigkeiten in Bezug auf partnerschaftliche Beziehungen, seine Unrast, Gereiztheit und Unausgeglichenheit nahmen deutlich zu. Aus den ersten Ehehafen-Jahren heraus, gleitete ihr Eheschiff weiter auf wogender See, mit immer weniger Respekt voreinander und kaum mehr achtsamen Aufmerksamkeiten wie früher. Ein kleiner Kuss, ein Klaps auf ihren herrlichen Po oder eine feste Umarmung. Beide wurden mehr und mehr launisch, misstrauisch und fühlten sich zu zweit allein. Dennoch wollten sie sich nicht trennen, ihren Töchtern so etwas nicht antun. Sie hatte einiges Geld in das restaurierte zweistöckige Einfamilienhaus der Schwiegereltern investiert, die zwar ungern auszogen, aber sich doch nach und nach im Betreuten Wohnen mit Fahrstuhl und neuen sozialen Kontakten mehr und mehr entlastet fühlten und sich damit sogar anfreunden konnten. Iris kam aus einem relativ wohlhabenden Elternhaus, dass sie einmal, da geschwisterlos, erben würde. So waren sie außerdem auch noch finanziell miteinander verflochten, sodass gar nicht daran zu denken war, sich zum Beispiel einfach scheiden zu lassen.

Dennoch lag der Gedanke an Scheidung wie ein Hammer auf dem Amboss dieser Ehe. Gütertrennung? Zugewinn? Wer mehr hat, muss bluten. Das bedeutet

Ausgleichszahlungen, Trennungsunterhalt, Unterhalt für die noch unter 18-jährigen Kinder, Pflichtteilsverzicht, kurzum Scheidungsfolgenvereinbarungen beim Notar festlegen und sich dabei einigen, was wie aufgeteilt werden soll? Wenn keine Einigung mit dem Vermögen und den gemeinsamen Gütern erzielbar ist, entscheidet der Richter, was zu tun ist. Rosenkrieg? Ein Bekannter, der Rechtsanwalt im Familienrecht war, sagte ehrlich warnend: „Michael, lass bloß die Finger davon, sie macht ein Bombengeschäft. Betrüge sie halt genauso, wenn sie es nicht schon selbst im Büro macht? Hol sie doch mal dort unverhofft früher ab!" Gedacht hatte er schon oft an Scheidung, mal Ruhe haben vor der Verschwenderischen und eine innige neue Beziehung aufbauen? Ist das überhaupt noch möglich? Heute zählen nur noch Lebensabschnitte. Dann mal wieder frei sein und allein sein, um danach wieder Lust auf Zweisamkeit zu spüren? Eine Frau finden, die nicht nur zärtlich und achtsam mit ihm auf Gegenseitigkeit umgehen würde? Eine Frau, die ihn spürbar liebte - durch Freud und Leid. Nicht nur aufgejubelt im Urlaub!

Michael Sperling hatte es satt, auf Dauer der Dukatenscheißer zu sein und von seinen drei Frauen ausgebeutet zu werden. Ja, ausgebeutet zu werden! Er empfand es jedenfalls so. Und auch sein allerbester Freund Felix litt im ähnlichen Ehezustand darunter und legte ihm beschwörend ans Herz, er solle doch nicht auf Anwälte hören, die obendrein auch noch zur Scheidung drängten. Felix warnte inständig und meinte, dass scheidungswillige, verheiratete Frauen, Anwälte und Vater Staat die wahren Profiteure seien. Als Ehemann hat man vor Gericht kein Erbarmen zu erwarten. Die Gesetze stehen überwiegend auf Seiten der Ehefrau. Der Ehemann wird bis zum kläglichen Selbstbehalt verdonnert und obendrein finanziell total vereinnahmt. Es sei denn, er kann sich die finanziellen Scheidungskosten leisten und er hat so viel Vermögen und Geld, dass er den Verlust eines Hauses, wie eine Abfindung an die Geschiedene betrachtet. Das Haus tut ihm nicht weh, dafür hat er endlich die Frau los! Nur: Wer kann sich das schon leisten?

Unabhängig dieser trüben Gedanken sehnte sich Michael nach etwas Außergewöhnlichem. Einmal nach etwas ganz Durchgeknalltem, total cool wie die jungen Leute zu sagen pflegen. „Megageiles Prickeln" überall spüren. Das Sehnen nach den immer wieder zitierten Schmetterlingen oder Hummeln im Bauch. Außerdem konnte er es schon nicht mehr hören, das ewige „Papa, Papa!". Verdammt nochmal, wenigstens auch mal daheim einfach zur eigenen Ruhe kommen können. Zeitung lesen, ein kühles Bierchen schlappern, den Krimi zu Ende lesen und neue Angelruten in einem Spezialgeschäft kaufen. Und am Wochenende ohne Gemurre der Familie an einem angelwettertauglichen Tag am Max-Eyth-See stundenlang auf dem Anglerstühlchen lümmeln und wie versunken auf das Silber des Wassers starren. Dabei eine Gauloise ohne Filter qualmen. Mal etwas Urlaub vom Ich praktizieren, wenn das als Ehemann und Vater möglich wäre? Daher hoffte er bei allen Belastungen umso mehr auf eine vielleicht entspannte Atmosphäre in Alcúdia.

Iris genoss es, im Urlaub ebenso dem Einkaufsbummel-Wahn, genannt Shopping, zu frönen und günstig Schuhe und Ledertäschchen einzukaufen. Sie liebte vor allem Kunstperlen, Keramik oder Handarbeiten von der *Lassithi*-Hochebene. Speziell lüstern war sie auf Meeresfrüchte wie *Caldereta de Langosta*,

Paella, auch auf Lammbraten in Knoblauch eingelegt. Sie fand es himmlisch, in Straßencafés wie zum Beispiel *Licor Plátano* (Bananenlikör) zu süffeln. Besonders genoss sie es, sich zwischendurch einen Espresso *Café solo* in einem Straßenstehcafé zu genehmigen. Zur Belohnung danach noch die beruhigende Lungenzug-Zigarette bei genüsslich geblähten Nasenflügeln schmauken sowie nebenbei einen dreisten jungen Urlauber am Nachbartisch provozierend unsicher machen, indem sie ihn etwas schmachtend anlächelte. So war sie immer, wenn sie auswärts auftraten und sie sich darin sonnte, von der Männerwelt noch immer begehrt zu werden.

Beim Landeanflug auf Palma klarte die Sonne auf. Herrlich, der mediterrane blaue Himmel. Nur einige Wattewolken. Flugkapitän James Müller stellte sich und seine Crew kurz vor und gab Daten über Höhe, Wind und Temperatur an und versuchte in der üblichen arrogant getönten Lautsprecherstimme 141 Gäste auf die bevorstehenden Pfingsttage auf der Balearinsel einzustimmen. Es war wieder soweit.

Der Flieger konnte sich in sicheren Abständen über feinsandige Strände langsam fallen lassen. Und weiter über kunstvolle Terrassengärten, wilde Felsenküsten und kiefernbewachsene Bergregionen. Dazwischen die alpine Bergkette der *Serra de Tramuntana* und die sanftere *Serra de Llevant*, in die eine weite, kunstvoll bewässerte und fruchtbare Ebene eingesenkt war. Kurz darauf tauchten auch wieder für Michael beim Blick aus dem Fenster die ihm vertrauten zylindrischen Türme der Windräder auf, die das Grundwasser von Palma in große Zisternen leiteten, von wo es dann in das komplexe Kanalsystem gelangte.

Der zweistündige Bus-Transfer ins noble Vier-Sterne-Strandhotel war dann die letzte Reise-Etappe zum Ziel der sehnlichsten Urlaubsfreuden.

Endlich Urlaub pur! Hautnah! Laue, salzige Meeresluft! Keine Kreislaufbeschwerden, kein Kopfweh - alles wie weggeblasen!

Michael wollte in den ersten Urlaubsstunden zuallererst wieder das mallorquinische Flair einsaugen. So machte er sich am ersten Vormittag ohne sich mit seinen drei Frauen abzustimmen, da sie ja immer am ersten Urlaubsmorgen ausschlafen wollten, allein auf den Weg zum Hafen von Alcúdia. Er sehnte sich danach die erste morgenfrische Urlaubsluft zu genießen, ganz allein auf einer Parkbank zu sitzen, neidlos auf die exklusiven Schicki-Micki-Yachten und Segelboote zu schauen und dabei die goldenen glitzernd tanzenden Morgensonnenreflexe aufblitzen zu sehen, die das Meer schon mit der aufsteigenden Sonne wie in einer Hängematte unter Palmen kosend schaukelte. Oder auch nur seine Blicke wie Netze aufs Meer hinaus zu werfen. Gedanklich in die Wellen der fast windstillen, mäßig zischenden Brandung einzutauchen, sich tragen zu lassen, gedankenverloren bis zum Horizont spähend. Michael verspürte unbändige Lust zum Schwimmen. Am liebsten nackt, wie er es als Junggeselle mal an einem einsamen Strand von *Cala Ratjada* praktizierte und dabei eine süße Strandnixe aus Westfalen, die das auch so herrlich sexy fand wie er, auf einmal ihren Bikini abstreifte und mit einem Lustschrei ihn mit einladender Handbewegung aufforderte, ihr zu folgen. Es war damals wie in einem Drehbuch, das dann noch für den Abend allerlei Überraschungen bot, da sie auch noch rein zufällig im gleichen Hotel logierte.

Ein prickelndes Urlaubsgefühl, das Meereswasser zu riechen, und sich dabei wieder selbst nass zu schmecken, den ganzen Körper vom Wellenschlag des

Meeres streicheln und liebkosen zu lassen. Aber auf einmal erschreckte ihn auch jetzt wieder wie ein Blitz das Gesicht seines Vorstandes der Bank, der in letzter Zeit kaum einen Blick für ihn hatte. Im Rahmen der bevorstehenden Fusion gab es mit Betriebsrat und Personalchef ständig Sitzungen, ohne Mittagspause, bis spät in den Abend hinein, so die Reinigungsfrau am nächsten Tag hinter vorgehaltener Hand wichtig-tuerisch verbreitete. Genauere Infos waren leider nicht zu erfahren, man verhandele noch im engsten obers-tem Gremium. Kein Memo, keinerlei Hinweise. Das hatte ihm kurz vor seinem Urlaub schwer zu schaffen gemacht. Aber er musste wegen der Töchter den Zeit-raum der Schulferien nutzen. Michael versuchte die Verfolgungstagträume seiner Bank mit einem Ruck wieder loszulassen, schüttelte sich kurz und ließ sich erneut vom azurblauen Himmel und dem sanft wo-genden Meer wieder einfangen. Nach Rückkehr ins Hotelzimmer lagen seine drei Damen immer noch in ihren frisch bezogenen jamaikafarbenen Urlaubsbet-ten, gähnten und räkelten sich wenigstens schon ein-mal. Der Frühstücksraum bot ein exquisites, überaus reichhaltiges Buffet. Die ganze kulinarische Welt schien sich an diesem Frühstücksmahl zu vereinen. Der Hotel-Chefkoch, ein Deutscher aus Düsseldorf-Ratingen, der persönlich beim Frühstück zureichte, empfahl Michael, in der Nordwestecke von Alcúdia die kleine Stierkampfarena zu besuchen. Dort sollen glücklicherweise unblutige Kämpfe mit jungen Stie-ren stattfinden und ein Bummel durch die Altstadt lohne sich allemal.

Nach dem gemeinsamen Frühstück erwachte bei den Sperlings die Neugier auf das bunte Treiben hin-ter dem Hotel. So machten sie sich bei strahlender

Sonne auf den Weg in Richtung Marktplatz und zu der zunächst oberen, nördlichen Einfahrt in die Altstadt. Sie hatten die Wahl zwischen den Open-Air-Cafés an der *Plaça Carles V* zu spazieren oder für den etwas ruhigeren kleinen Fußgängerbereich im Zentrum *Plaça*. Zunächst mussten sie mit viel Vorsicht die wild befahrene, gehetzt hupende, räderquietschende Hauptstraße überqueren und sich zwischen den ständig hin und her pendelnden und hupenden Stadtbussen und den dazwischen bemitleidenswert trabenden, abgemagerten, armen Droschkengäulen hindurch schlängeln. Iris, Miri und Vanessa spürten Verlockungen, die immer wieder aufs Neue urlaubskonform ein Muss bedeuteten: Eis „schlotzen" war ein tägliches, mehrmaliges Urlaubs-Zeremoniell.

Der Wochenmarkt überschlug sich geradezu mit Strandmatten, Strandschuhen, Mallorca-Sonnenhüte aus Cord-Seilen, herrlichen Früchten, Gemüse, sommerleicht oberschenkelfreie Batist-Kleidchen, Hippieartikel, Zöpfe und viele afrikanische Obstprodukte, diverse Fischsorten mariniert und geräuchert. Und nicht genug: Tausenderlei Schmuck, originell bedruckte Bettwäsche, kleine getrocknete Meerestiere wie Seepferdchen, Seeigel und Seesterne - ein überquellender Gabentisch für die verwöhnten Touristen aus aller Welt. Unglaublich! Verrückt! Die Zelebration einer urlaubsgeilen Kaufgier.

17

Michael war gespannt, was seine Frauen wieder Neues in den Laden-an-Laden-Reihen finden würden. Die verpönten Plastiktüten rechts und links seiner Frauen brauchte er nicht zu inspizieren. Die prallen Auswuchtungen nach dem Einkauf waren ihm vertraut. Michael hatte inzwischen Gelassenheit gelernt, nahm es hin wie so vieles in seinem Leben. Er kam sich dabei kleinlich vor und erinnerte sich an den jährlich geübten Vorsatz, endlich einmal großzügiger zu werden. „Lass die doch machen!", sagte er sich im Stillen. Jedoch konnte er diese Denke nicht gänzlich abstreifen. Es ärgerte ihn auch im Alltag daheim, wenn er ab und zu wieder Zuversicht gefasst hatte, sie doch einmal wieder beim Shopping zu begleiten. Iris war dann vorher zu ihm besonders lieb und streichelaktiv. Sie liebte ganz besonders seine EC-Karte, betonte zu ihrem Bedauern, dass sie die ihrige in der anderen Handtasche hatte liegen lassen.

Beim Spaziergang am frühen Nachmittag mit der Familie in die drei Kilometer entfernte Altstadt von Alcúdia, die bequem zu Fuß erreichbar war, erfüllte ihn die laue Maienluft und Atmosphäre mit der Gewissheit, im Urlaub wieder super angekommen zu sein. Der Anblick der steinalten Mauern, die vor vielen Jahrhunderten fein säuberlich in Trockenbauweise aufgeschichtet worden waren, verlockte zum Fotografieren. Die überall blühenden Gewächse und wundersamen Blüten mit dem süßlich feinen Duft des Wonnemonats Mai zauberten eine unbeschreiblich entspannende und narkotisierende Wirkung wie in einem Sommernachtstraum im Shakespeare´schen Garten.

Das ging ihm durch und durch. Ungezügelte Leidenschaft aus früheren Zeiten überfiel ihn. Er verspürte wieder Lust zum Aquarellieren, um mit seinem kleinen Klapplederhocker (den er im Flugzeug nicht mitnehmen konnte), irgendwo in einer Gasse sitzend, die gelben Hauswände, grasgrünen Fensterläden und den kleinen, schnüffelnden Hund mit Ringelschwanz zu skizzieren. Ein Skizzenblock musste genügen, letztlich nur „Digi-Fotos" fürs daheim Nachmalen.

Dabei entgingen ihm all die Paare nicht, die verliebt durch Gassen schlenderten, eng umschlungen, fernab in urlaubstrunkener Seligkeit knutschten und sich später vielleicht in heißen Hotelzimmern liebten, von dem blechernen Gedudel spanischer Schlager unten im Hofe wach gehalten. Seine Fantasie beherrschte ihn wie eine Fessel. Er sehnte sich danach am Amphitheater bei untergehender Abendsonne auf einer Steintreppe zu sitzen und dabei in tiefdunkle Augen einer sonnengebräunten Einheimischen zu schauen. Ihr goldenes Halskettchen mit Kruzifix glitzerte im Vollmond. Ein besonderer Wunsch kam in ihm auf, in den Ausschnitt ihres Spaghettiträger-Shirts zu stieren, sich ihr langsam zu nähern und mit leichtem Aufdruck auf ihrem weichen, verlangendem Himbeermund zu landen, begleitet vom Grillenzirpen wie verzauberte Musik aus himmlischen Sphären.

21

Michael hatte nicht bemerkt, dass Iris und die Töchter in einem Klamottenladen verschwunden waren. Er sah hinüber zu einem typisch gelb bemalten Stadthaus mit verzierter Tür und goldglänzenden Türklopfer-Ringen, grünen Fensterläden und an einem Lattenge-rüst die wundervollen, weinroten Blüten der Bougain-villea, die sonnentrunken die gelbe Hauswand kon-trastierten. Er verspürte jetzt noch stärker den Drang nach Pinsel und Farben und auf kleinen Leinwand-rahmen zu malen. Michael wartete nicht mehr auf seine drei Frauen. Er schlenderte wie ein Uhrwerk aufgezogen entlang der Stadtmauer, der *Ronda Mural-la Est*, um dann an der *Porta de Xara* vorbei über den *Carrer Major* zu laufen und danach die Altstadt von Ost nach West zu durchqueren.

Im Zentrum erhob sich stolz die im Renaissance-Stil errichtete und mit einer prächtigen Turmuhr ver-sehene *Casa Consistorial*, das Rathaus, das 1523 fer-tiggestellt und 1929 erneuert wurde, wie er im Reise-führer über diese herrliche Altstadt gelesen hatte.

Es war einfach wonnevoll, einmal plötzlich allein zu sein und den Atem der Altstadt mit allen Sinnen in sich einzusaugen, das Gedränge der Touristen zu beobachten, vor malerischen Häusern bewundernd stehen zu bleiben und die gelbbraun getönten Fassaden bis hin zum Himmel zu bewundern. Einfach Stehenbleiben, so lange er wollte. Das momentane Augenerlebnis der Licht- und Schattenreflexe fürs Skizzieren wahrzunehmen.

Als er durch seine braungetönten Sonnenbrillengläser nach oben in den wolkenlosen Mittelmeerhimmel schaute, entdeckte er zwei tschilpende Spatzen auf der schwarzen Halterung einer Kandelaber-Laterne. Aufgeregt und vibrierend duckte sich die Spatzenfrau vor dem rittlings auffliegenden Spatzenmann, der wie ein Kolibri in der Luft sekundenschnell hin und her rüttelte und auf der Spatzenfrau seine liebestolle Spatzenakrobatik vollführte.

„Ein irres Liebesspiel!", dachte Michael. „So frei und unbeschwert. Es kümmert die beiden nicht, was rings um sie geschieht. Sie machen Spatzenliebe." Schmunzelnd fiel ihm ein, dass das bei den Menschen „Vögeln" genannt wird; bei den Menschen mehr als Schimpfwort unter der Gürtellinie. Es kam ja nicht von ungefähr. Zwei Vögel vögelten eben. So einfach war das! Feiner ausgedrückt, das Männchen beflügelte das Weibchen. Frei von Pille, kein Kondom, keine sonstigen Verhütungsmethoden. Einfach auf eine bereitwillige Spätzin hüpfen, die sich die Wollust mit ihrem Spatzenschatz teilte (nach Verhaltensforscher Konrad Lorenz der sogenannte AAM - „Angeborene-Auslöse-Mechanismus" als Schlüsselreiz plus angeborene Instinktbewegung).

Es vibrierte in ihm von Kopf bis Fuß, mit etwas Kopf-schmerzen durch die stechende Sonne ohne Sonnen-hut, den er im Hotel liegen gelassen hatte. Einmal diese einmalige Freiheit unter blauem Himmel, inmit-ten der lauen Alcúdia-Luft, mit dem Odem leiden-schaftlich wilder Taten erleben. Er dürstete nach Zärt-lichkeit und Leidenschaft wie nie zuvor, fühlte sich wie ausgetrocknet. Wenn er die vielen Weiblichkeiten beobachtete, wie sie mit Wind in der Bluse, in enge Hosen gezwängt, Hüften und Schoß wohlig wiegten und verlockend daher stolzierten, ihre herrliche Weib-lichkeit feilboten. Oft hätte er sich am liebsten umge-dreht. Iris erkannte oftmals schon vor ihm, was ihn antörnte und machte ihn auf hüftschaukelnde „Däm-lichkeiten", wie sie hämisch abfällig zu kommentieren pflegte, sogar noch aufmerksam. Dabei vergällte sie ihm seine Augenweide mit dem Vorteil, dass er sich dann „jetzt gerade" aus Rache nach der einen oder anderen Einheimischen oder Urlauberin umdrehen konnte. Quasi ein Freischein für einen „Augen-sprung". Manche „Weibsen" blieben stehen und zeig-ten ihrem Begleiter wichtigtuerisch einen Laden, den sie nur mal zum Gucken besuchen wollten. Aber wer das „Nur mal gucken" von Frauen kennt, weiß zu genau, dass das jedes Mal in prallvollen Taschen en-det.

Als er immer noch seinen Hals wie verrenkt nach oben gewandt verharrte, kam es ihm vor, als wollte das „Vögeln" der Spatzen dort oben kein Ende neh-men. Die Spätzin tat ihm irgendwie leid, den weiter unbeirrten Spatzenmann so heftig auf ihr rütteln zu sehen. Dennoch flog sie nicht fort. Sie blieb auf der Laterne sitzen, schüttelte sich danach, putzte ihr Ge-fieder und flog erst dann plötzlich davon. Voller

Sehnsucht wünschte er sich auch ein Spatz zu sein. Vogelfrei! Es kam über ihn wie ein Rausch, eine unvorstellbare Besessenheit. Raus aus der Menschenhaut und hineinschlüpfen in das Gefieder eines Vogels, ausgerechnet in einen Spatz. In einen ganz frech tschilpenden Haussperling. Ein *passer domesticus* wollte er sein, wie ihn die Ornithologen lateinisch bezeichneten. Ein Vogel, der sogar in Deutschland zum *Vogel des Jahres* gekürt worden war.

Fliegen können, über den Dächern und Zinnen gegen den Wind oder mit dem Wind die Thermik aufsteigend nutzen, sich niederlassen, wohin die Wünsche ziehen. Zudem hieß er auch noch Sperling. Als Schüler wurde er mit dem Spitznamen „Spatzi" oft gehänselt. Jetzt bekannte er sich ganz dazu. Das musste herrlich sein. Ein munterer, lustvoller „Vögler" zu sein, ein sogenannter Luftikus auf eigenen Schwingen, ohne Zwänge, ohne Vorschriften und Befehle. Ohne Moral, Gesetze und die zehn Gebote! Ohne grundbucheingetragenes Eigentum von Haus und Hof, mit Eigenkapital und satten Konten, ohne Große und Kleine Kehrwoche nach schwäbischer Tradition. Und auch nicht mehr die endlosen Besprechungen in der Bank, Kunden zu Verträgen, zum Börsengang zu motivieren und zum Abschluss zu überzeugen. Keine ständigen Ehezwistigkeiten mehr! Einfach frei sein unter oder gar über den Wolken? „Ich will frei sein! Frei, frei, frei!", hallte das Echo in ihm aus tiefster Seele: F r e i von allen Zwängen!

Plötzlich schrak er zusammen, zwei Hände bedeckten seine Augen und er spürte gellend lachend die Umarmung seiner Frau von hinten. Was war nur mit ihr? Sie hatte ihre Kauflust endlich wieder einmal und speziell im Urlaub auf dem Markt von Alcúdia befriedigen können. Dann war sie überglücklich. Sie hatte Vanessa und Miriam die Shopping-Tüten übergeben, damit sie ihren wie verwurzelt nach oben starrenden Michael erschrecken konnte. Das war ihr wieder einmal gelungen. Beide Töchter lachten mit. Michael blieb nichts anderes übrig als aus seiner Erstarrung herauszukommen, indem er einfach mitlachte. Beim Heimweg ins Hotel bekam er den ganzen Einkauf wie ein Packesel aufgeladen. Er hatte großen Durst. Jetzt bloß nicht irgendwo einkehren und noch Käffchen trinken! Er würde ausrasten, den Einkaufsballast aus innerer Wut gedanklich einfach in eine Hausecke werfen und davonlaufen. Zum Glück musste Miriam mal dringend. So war es angeraten, so schnell wie möglich das rettende Hotel-WC zu erreichen. Vanessa verspürte nun ebenso den Drang „Pippi" zu machen. „Reißt euch zusammen, wir sind ja gleich da!", mahnte Iris und drehte sich gerade nach einem jungen flotten Spanier um, der ihr frech zublinzelte. Michael hatte das gerade noch bemerkt und dachte sich innerlich wie verletzt, warum sie niemals das Flirten lassen konnte. Immer mit wildfremden Leuten!? Er nahm sich vor, es einfach akzeptieren zu lernen. Er fragte sich, ob er wohl nur sehr eifersüchtig sei?

Zwei Droschken fuhren an ihnen vorbei. Hupen und Bremsenquietschen vor der roten Ampel. Er bedauerte die armen Droschkengäule, die erschöpft dahintrabten, abgestumpft und vor nichts mehr erschreckten. Michael schmerzten in Gedanken seine Füße, als er mitfühlend an die Hufe der klapperdürren Pferdchen dachte. Seine Shopping-Frauen erzählten ihm nun auch noch total begeistert, dass sie gelesen hatten, dass gleich morgen (schon wieder!) am Dienstagvormittag Wochenmarkt sei und sie dort die köstlichsten

Apfelsinen kaufen könnten, die es sonst nirgendwo so süß und saftig auf der ganzen Welt gab. „Seit wann könnt ihr Spanisch?", fragte Michael ohne eine Antwort abzuwarten, gähnte müde und winkte schwach ab, dass sie da mal allein zum Wochenmarkt gehen sollten. Er möchte morgen mal etwas Ruhe haben, die letzten Tage in der Bank waren strapaziös genug. „Du kannst dich doch heute Abend noch ausruhen, Papa! Geh doch bitte morgen mit uns mit!", bettelte Miriam. „Du musst ja nicht mit uns heute Abend fernsehen und kannst gleich nach dem Abendessen schlafen gehen!", bettelte Vanessa. So lief der Abend mit einem reichhaltigen Abendmenü ab und Michael verzog sich ins Schlafzimmer. Der Abend endete viel früher als sonst. Iris blieb an der TV-Glotze hängen und schaute sich noch einen spanischen Film an. Die Töchter wollten für sich sein und verschwanden lautlos in das benachbarte Zweibettzimmer, um noch unbeaufsichtigt fernzusehen.

Michael wurde von Iris am folgenden Morgensonnenaufgang außergewöhnlich früh zum üppigen Frühstücks-Buffet geweckt. Dabei fragte Iris nach dem ersten Schluck Kaffee und einem knusprig genossenen Brötchen so ganz nebenbei gekonnt harmlos gespielt, ob er nicht doch zum traditionellen Wochenmarkt mitgehen wolle? Miriam versuchte mit schmusigen Worten ihren Paps zu betören: „Geh doch mit, Pappilein!" „Damit ich wieder euren Packesel spielen muss?", antwortete „Pappilein" mit halb spaßiger und doch fester Vater-Stimme. „Ich bleib einfach mal im Hotel, ok?" Vanessa probierte es daraufhin nicht mehr, wenn es Miriam versucht hatte. „Kinder, dann gehen wir eben alleine!", wandte sich Iris an ihre enttäuscht schauenden Töchter.

Mal allein - wie früher als Single

Der Dienstag war ziemlich wolkenverhangen. Die Sonne sah aus, als wolle sie einmal etwas pausieren. „Das Wetter sieht ja nicht gerade sehr einladend aus!", sagte Michael schlaftrunken und leicht gähnend so vor sich hin und bereute es gesagt zu haben, da dadurch der Frauenausflug vielleicht nicht angetreten werden würde. Aber er wusste, dass Iris durch nichts von ihrem erneuten Morgenshopping abzubringen war. Als nach dem Frühstück ein dreimaliges „Tschüss" erklang und seine Frauen die Appartement-Tür zuklappten, spürte er eine herrliche Erleichterung. Er räkelte sich, holte das Türschild „Don´t disturb" aus dem Kleiderschrank, hängte es draußen vor die Tür, schob den gelben knautschigen Appartement-Sessel zum großen Glasfenster mit Blick aufs Meer und öffnete die Balkontür, die gleich vom kühlen Morgenwind hin und her zu schlagen begann. Erst vor einigen Tagen hatte die Insel heftige Stürme erlebt. Hoffentlich kamen sie jetzt nicht wieder zurück. So schloss er die Balkontür und machte es sich im Sessel bequem.

Dieser Tag gehörte jetzt nur ihm. So wie früher, als er als Junggeselle allein oder mit Freunden auf Reisen war und ein Einzelzimmer ein kleines Königreich bedeutete, wenn auch mit einem Zuschlag verbunden. Herrlich, die Ruhe im Appartement. Nichts reden müssen, nicht mehr Radiogedudel aus spanischen Sendern hören. Sich den Schlaf aus den Augen reiben, Badehose und T-Shirt überstreifen und sich einmal dem vom Freund geschenkten Lyrikbändchen in aller Ruhe hingeben. Endlich mal keine Börsen- und Geschäftsberichte als übliche Pflichtlektüre durchforsten müssen! Durchatmen, mit Blick durch das Fenster auf das smaragdgrüne Gewoge des Meeres, weit draußen vor der Hotelanlage. Er rückte sich erneut im Sessel zurecht, schlug erwartungsvoll das Büchlein auf und vertiefte sich sogleich in eine humorige Anthologie kunterbunter Beziehungsepisoden. In Gedanken dankte er seinem Freund, und nahm sich fest vor, ihm eine schöne Ansichtskarte von Alcúdia zu schreiben. Doch je mehr er sich darauf konzentrierte, teils schmunzelte, teils noch vom morgendlichen Schlaf gähnte, desto müder wurde er. Die ersten Urlaubstage waren doch schon etwas anstrengend gewesen. Die linke Hand, in der er das Büchlein festhielt, sank auf die Lehne des Sessels, rutschte kurz darauf auf seinen Oberschenkel, seine Augenlider fielen herunter wie herabsausende Rollos. Das Büchlein fiel zu Boden und wie in Routine nahm er seine rote Designer-Brille ab, ohne sie fallen zu lassen.

Michael schlief auf einmal fest ein. Ein ungewöhnlicher Traum ergriff ihn und er sah vor sich das gestern beobachtete Spatzenpaar aus der Altstadt, das so voller Wonne Liebe machte.

Da stand er nun plötzlich abermals tief beeindruckt vor der Kirche *Sant Jaume* wie am Tag zuvor mit seiner Familie. Sein innerer Schrei nach Freiheit, Fliegen, wohin der Wind und seine Lust ihn trieben, kam jetzt traumatisch ins noble Hotelzimmer wie sein Kopfkino speziell nur für ihn drehte.

Es ging alles verdammt schnell vor sich. Wie eine Pflanze im Zeitraffer gefilmt, die im Schnelllauf Blüten entfaltet, kribbelten Federn aus allen Poren seines linken und rechten Armes, breiteten sich am Kopf, Hals und über den ganzen Körper bis zu den Füßen aus. Sein T-Shirt, seine dreiviertellange Bahamas-Hose platzten auseinander wie ein überfüllter Luftballon und fielen von ihm ab zu Boden. Seine Nase wuchs zu einem kurzen, kräftigen Spatzenschnabel und - oh Gott - seine Schuhe knallten auseinander. Statt Füßen in Sandalen hatte er die typischen Vogelkrallen. Michael wurde immer kleiner, näherte sich wie im freien Fall immer mehr dem Rasenstück vor einer blühenden Jasmin-Hecke. Und überall wohin er auch an sich herunter und zur Seite schaute, quollen die braungrauen Federn eines Feldspatzen mit zwei seitlichen weißen Streifen hervor. Er musste sich kräftig schütteln. Es juckte und zwackte. Er sah plötzlich nur noch seitlich rechts einen Baum vor sich am Straßenrand und links die Passanten vorbei laufen, die immer größer wurden und immer näher auf ihn zuliefen. Er musste schnell zur Seite hüpfen, um nicht von einem gigantischen Zweibeiner zertreten zu werden. Er hatte jetzt die Größe eines Spatzes erreicht und ohne einen Augenblick zu zögern, flog er instinktiv wie vom Blitz getroffen nach oben auf eine Mauer, die ihn vor Touristen, Hunden und Katzen beschützte.

Michael saß japsend auf der Mauer und ein erstes, klägliches *Tschilp* kam aus seinem Spatzenschnabel. Er war zutiefst erschrocken, gar geschockt, was da wie in einem Horrorfilm mit ihm geschehen war. Und erneut kam wie von selbst *tschilp, tschilp* aus seinem soeben gewachsenen Schnabel. Er, Michael Sperling, war zu einem echten Spatz verwandelt? Das war nicht zu fassen!

Was er sich am Vortag so innig gewünscht hatte, war jetzt erfüllt worden. Nun war er ein Spatz, ein richtiger Spatz mit Schnabel, Federn, dünnen Beinen und Krallen. Er hörte sein Herz heftig pochen, ja fast hämmern, bis es sich nach und nach beruhigte. Michael plusterte seine Federn auf und wunderte sich, warum immer wie auf Knopfdruck *tschilp, tschilp* aus seinem Schnabel gurgelte. Der laue Wind fuhr in sein Federkleid. Das neue Gefühl, sich in ein Federtier verwandelt zu haben, schüttelte ihn, kroch durch Mark und Bein. Um Gottes willen! Wo war seine Familie? Er wollte nicht nochmals mit zum Shoppen gehen. Sicher waren sie wieder in irgendeinem Geschäft oder vor einem Schaufenster stehen geblieben! Was war bloß geschehen? Er sah sich zum ersten Mal in einer kleinen Regenpfütze. Unglaublich! Ein ganz gewöhnlicher Spatz? Er äugte nochmals in die Pfütze, die ihm jetzt wie ein Handtaschenspiegel von Iris vorkam. Sein Gefieder war oberseits braun, unterseits grau. Der Kopf hatte eine dunkelgraue Kopfplatte mit braunem Nacken wie ein Schal um den Hals. Vorn statt seiner üblichen Banker-Krawatte eine schwarze Zeichnung an der Kehle und weißliche Wangen. So genau hatte er als Mensch noch nie einen Spatzen betrachtet. Er stellte sich nun sich selbst vor: *Michael*

Sperling, Sperling auf Mallorca! Dabei drehte er sich schwungvoll wie bei einer Modenschau und sah in der Spiegelung seinen braunen, dunkel gestreiften Rücken und die beiden weißen Flügelbinden. Überall Federn! Ein Maßanzug, wie ein Smoking, nur in dunkelbraun. Famos! Perfekt! Er gefiel sich. Er saß auf zwei dünnen Spatzenbeinen und hatte Krallen. Keine nackten Füße in seinen Urlaubssandalen mehr. Er putzte sich auf dem Mauervorsprung der *Església Sant Jaume*, der Pfarrkirche von Alcúdia, wetzte kurz seinen Schnabel, um dann sein Gefieder ausgiebig zu putzen. Trotz der Verwandlung fühlte er sich putzmunter. So leicht, so unbeschreiblich federleicht. Er machte einen Hopser, eine Art vorsichtigen Freudensprung. Nur der plötzlich stark aufkommende Gegenwind störte ihn, weil dadurch seine Federn an den Spitzen fast umgeknickt wurden.

Als Mensch brachte er fünfundachtzig Kilo auf die Waage. Er wusste nicht, was ein Spatz wiegt. Vielleicht fünfundvierzig Gramm? Aber das war jetzt egal. Er wollte hüpfen und verspürte den Drang nach Fliegen. Sich einfach abstoßen, über Bäume und Häuser fliegen können, verweilen, wohin der Wind ihn weht. Frei sein wie ein Vogel, der er jetzt war. Der Urtraum der Menschheit, Fliegen zu können, abzuheben und über den Dingen der Welt im Wind und Sonnenlicht dahinzugleiten wie ein Segler der Lüfte. Und landen, wo was los ist. Oder wo einem keiner etwas anhaben konnte. Kein größerer Vogel, weder Hund noch Katze, geschweige denn ein Mensch! Michael schaute sich um und erschrak heftig, als über ihm zwei Tauben mit schwerfälligem Flügelschlag hinwegflogen. Die eine ließ sich gurrend ganz in seiner Nähe auf einem schmalen Mauervorsprung nieder. Kurz danach

34

landete die Zweite, wohl die Taubendame, trippelnd wie auf einem Catwalk stolzierend daneben. „Zwei Verrückte!", dachte sich Michael. Als Mensch hatte er oft gesehen wie ein Täuberich in blinder, gurrender Leidenschaft seiner Angebeteten den Hof machte, sie so lange bedrängte und erneut auf dem Boden und in der Luft verfolgte, bis sie sich der Paarung hingab.

Erneut rutschte Michael im Sessel hin und her und schnarchte mit halboffenem Mund weiter…

Nun war er mitten unter Vögeln. Dennoch dachte er immer noch wie ein Mensch. Er wollte sich am Kopf kratzen, aber er hatte keine Hände mehr. Und mit dem Flügel war das sehr umständlich. Er hatte zwar an jedem Flügel noch einen Finger, den sogenannten Daumenfittich, dann den Daumen, die Speiche, den Oberarm und hinter dem Federband teilten sich die längeren Flügelfedern in Arm und Handschwingen auf, aber bei dem Versuch verrenkte er sich den Flügel so, dass es wehtat. Sofort war ganz nach Spatzenart sein rechter Fuß mit Kralle da, den er instinktiv durch seinen rechten Flügel nach oben zum Kopf durchstrecken musste. So konnte er sich blitzschnell am Kopf kratzen. Jetzt sah er aus wie ein Sperling, ein frecher abenteuerlustiger Hausspatz. Er war nun wie andere Spatzen auch, die es überall und in fast jeder Straßenhecke gab. Ein noch unsicheres *tschilp, tschilp* entschlüpfte abermals seiner Kehle. Er probierte es mehrmals und drehte sich in alle Himmelsrichtungen. Fantastisch! Der weite Himmel wölbte sich über ihn wie ein blaues Seidentuch. Michael wusste nicht, ob er vor Schreck oder Freude jauchzen oder weinen

sollte. Er wusste nicht wie man das in die Spatzen-
sprache hätte übersetzen können.

Banker Michael Sperling war wie ein Erlöster von
allen Übeln in der herrlichen Altstadt von Alcúdia. Er
putzte sich an der Brust, steckte sein Braunkappen-
Köpfchen unter den linken Flügel und spürte immer
noch den Wind in seine Federn wehen. Das kitzelte
ihn. Sogleich vollführte er unter dem rechten Flügel
dieselbe Prozedur.

Gerade als er einen Hopser zur Kirchenwand machte, um etwas Schatten zu gewinnen, flog schwungvoll eine Spätzin zu ihm und setzte sich ungeniert neben ihn. Sie war nach seinen wenigen ornithologischen Kenntnissen wesentlich schlichter gefärbt. Es fehlte ihr die für Sperlingmännchen charakteristische Kopf- und Kehlzeichnung. Er vermisste die beiden weißen Flügelbinden. Sie sah ihn überrascht und neugierig an und tschilpte gleich munter auf ihn ein, plusterte nach Spatzenart ihr Gefieder: *„Tschilp, tschilp, tschilp*, na du? Wo kommst du denn her?", fragte sie neugierig und noch etwas außer Atem vom Anflug. *„Tsch - ilp, tch - ilp, tsch - ilp!"*, kam es noch ungewohnt aus seinem Schnabel. „Hab dich hier noch nie gesehen!", schwatzte sie etwas außer Puste weiter. „Kannst du auch nicht, denn bisher war ich noch ein Zweibeiner, ein Touristenmensch!", antwortete Michael artig formell. „Was? *Tschilp, tschilp*, ein Mensch warst du? Oh, Madonna, bei allen Vögeln dieser Welt!! Wer begreift denn so etwas? Sag bloß, du kommst auch noch aus Deutschland?", forschte sie schnabelweis weiter. „Auch so einer von den verrückten Urlaubern, die uns zwar eine Menge Geld bringen, aber alles kaputt machen und in den Urlaubsilos von Alcúdia wohnen?", schimpfte sie auf einmal aufgeregt und schlug dabei die Flügel hektisch vibrierend über dem Rücken auf und nieder. Dabei verfiel sie in ein flottes Inselspanisch: *„En primera linea. Acceso directo a la maravillosa playa del Puerto de Alcúdia y en pleno centro de la localidad!"*

„Stopp, halt ein, ich verstehe dich nicht!", unterbrach sie Michael, „Ich kann dich nur verstehen, wenn du *tschilpst*!"

„Okay, okay, okay! Ich habe etwas Spanisch gesprochen. Das habe ich seit mich meine Eltern alleine ließen von den Einheimischen hier gelernt, wenn sie ihre Hotels in Prospekten beschreiben. Zu Deutsch: Vorderste Linie, direkter Zugang zum wunderbaren Strand von *Puerto de Alcúdia* und direkt zum Zentrum. Kurzum: Nahe am Strand, damit ihr nicht so lange laufen müsst, ihr faulen Urlauber!", ergänzte sie mit immer noch steigendem Spatzenpuls und fuhr fort: „Du siehst aus wie ein Spatz, nichts zu sehen von einem Menschen?", sie verschluckte sich dabei, nießte kurz, schnäbelte etwas nervös in ihr Federkleid an der Brust und wollte noch mehr von ihm wissen: „Wie heißt du eigentlich, du Spatz, äh, Mensch aus Deutschland oder wo du wohl herkommst?" „Ganz schön neugierig, Spätzin! Ich heiße Michael! Willst du mit mir anbändeln?", erwiderte Michael ohne zu stottern und fühlte sich schon etwas sicherer. „Ja, warum nicht?", kam es burschikos aus ihrem vorlauten Schnabel. Sie wetzte diesen dabei nervös am Mauerwerk hin und her. „Michael ist ein schöner Name, gefällt mir. Ich werde dich Micha nennen", schwelgte sie. „Übrigens, ich bin keine Spatzenfrau mit Spatzenmann und Spatzenkindern. Ich bin noch zu haben, für jeden, der mit mir ein Nest bauen will. Ich will mal vier bis zu sechs Spatzenkinder haben. Das ist bei uns Spatzen so üblich!", tschilpte sie belehrend, damit er gleich lernte, wo es mal lang gehen würde. „Hast du denn schon mal Eier gelegt?", fragte Michael indiskret neugierig. „Nein, noch nicht! Kannst du nicht zuhören. Ich habe keine Familie! Bin erst vor kurzem flügge geworden. Meine Eltern kümmern sich nicht mehr um mich. Ich kann erst seit ein paar Tagen ziemlich sicher überall hinfliegen. Und bin erst jetzt so frei - wie du! Ist das nicht herrlich?", schwärmte sie und wetzte erneut hastig ihren Schnabel an der Kirchenmauer. „Meine Eltern bauen gerade wieder ein Nest, denn bei uns ist von April bis August Brutzeit. Etwa elf bis dreizehn Tage dauert das Brüten und schon nach weiteren dreizehn bis sechzehn Tagen können die Jungen bereits richtig fliegen. Das hat mir neulich mein Großvater erzählt, als er mir sagte, dass ich jetzt erwachsen sei und ans Nestbauen denken sollte. Mein Papa hat schon wieder eine neue Spatzenfrau und denkt bestimmt nicht mehr an mich. Einige Wochen hat er mich bestens gefüttert. Echte Leckerbissen: Insekten, Larven, Würmchen, Körner von den Getreidefeldern und auch mal ganz frische Knospen. Manchmal holen wir uns sogar Körner aus den Pferdeäpfeln der Droschkengäule, wenn sie jeden zweiten Tag Hafer bekommen haben, damit sie temperamentvoller daher traben. Wusstest du, dass bei uns die Papas mitbrüten und sich auch bei der Brutpflege beteiligen müssen? Diese Vaterrolle hat mein Papa ganz toll gemacht. Als ich immer mehr heranwuchs, bin ich immer wieder vor ihn hingeflogen, habe den Schnabel weit aufgesperrt und unaufhörlich getschilpt und um Futter gebettelt. Bis er mich eines Tages einfach nicht mehr beachtete und mich - noch immer flügelschlagend - allein ließ. Er flog auf und davon.", seufzte sie wehmütig. „Du redest ja ohne Ende. Hast du auch einen Namen?", fragte Michael zurück. „Ich? Ich habe keinen Namen, ich war doch kein Mensch wie du!"

Marisa, der schönste Vorname für eine junge Spätzin aus Alcúdia

„Dann gebe ich dir einfach einen schönen Namen! Ich nenne dich Marie-Luisa! Abgekürzt Marisa!", sagte Michael voller Bewunderung und blinzelte sie mit leichtem Flügelschlag verlegen und doch herausfordernd an.

„Marisa soll ich heißen? Marisa? Sehr schön! Ist nicht zu lang. Klingt super! Passt zu mir! Danke, Micha!" *„Tschilp, tschilp*, sag mal, wo wohnst du denn hier?", fragte Marisa. „Als Vogel kannst du bestimmt nicht wie ein Mensch in einem Hotel wohnen. Und wenn du in ein Hotelzimmer hineinfliegen würdest, weil gerade das Fenster offen steht, wirst du vom Hotelpersonal auf mallorquinisch sofort beschimpft und mit Mob und Besen zum Teufel gejagt." „Danke für deinen Tipp!", sagte Michael. *„Tschilp, tschilp*, das hab´ ich mir noch gar nicht überlegt. Ich war bisher ein Mensch und wohnte hier mit meiner Familie im Strandhotel an der Hauptstraße, mit Telefon, TV, Radio, Klimaanlage, Safe, Minibar, einer schicken Küchenzeile mit allem Drum und Dran, was die werten Hotelgäste trotz Halb- und Vollpension noch so zusätzlich in ihrem Appartement alles haben müssen. Und natürlich ein exquisites Badezimmer!" „Du musst ja ganz schön *Kohle* haben, wie Ihr Deutschen zu sagen pflegt!", dabei schaute ihn Marisa bewundernd an. „Obwohl ich mir aus Geld nichts mache. Wir Spatzen brauchen kein Geld wie die Menschen. Uns gehört alles, was wir zum Leben brauchen. Oh ja, ich kenne das Hotel sehr gut - piekfein! Ich fliege da manchmal hin, um Spatzenfreunde zu besuchen. Gerade sind unter den vielen Urlaubern drei korpulente sonnenverbrannte Spanierinnen, die sich oben ohne sonnen und sich am Pool auffallend gern von den anderen männlichen Hotelgästen beglotzen lassen. Die „eigenen" Menschen-Weibchen liegen sonnentrunken faul wie die Robben daneben, die aus Deutschland importierte Bildzeitung lesend oder gelangweilt nach dem Abendessen fragend. Auch einige Engländer und Holländer sind dort. Magst du mal mit mir dorthin fliegen?"

„Nein, um Gottes willen! Bloß nicht!", erwiderte Michael ängstlich.

Voller Betroffenheit und mit schlechtem Gewissen dachte er an seine Frau und die Kinder. Aber wenn er schon mal die Chance hatte, die große Freiheit zu genießen, ohne dass ihn jemand erkennt, dann musste er seinem Drang folgen und alles hinter sich lassen.

Michael träumte weiter, jetzt aus allen Verpflichtungen heraus zu sein. Kein Stress und Druck seitens seiner Bank, keine Einkommensteuererklärung mehr mit den vielen Belegen. Keine Raten für Darlehen abzahlen, Daueraufträge, Kontobewegungen überwachen und vor allem keine Rechtfertigungen gegenüber Frau und Kindern. Einfach den Traum jetzt träumen.

Er sah die hübsche und schlagfertige Spätzin keck vor sich, der er den einmalig kombinierten Namen Marisa gegeben hatte. Dabei wollte er sich wieder einmal am Kopf kratzen. Aber es misslang. Blitzschnell führte sein Spatzenhirn die erforderliche Korrektur durch und lenkte wieder seinen rechten Fuß durch den Flügel nach oben. „Eigentlich müsstest du doch spanisch tschilpen?", meinte Michael. „Spanisch? Ich bin hier in Alcúdia geboren. Ich bin eine Mallorquinerin. Ich tschilpe katalanisch wie mir der Schnabel gewachsen ist. Bin eine Spanierin und zugleich eine waschechte Katalanin. Das habe ich alles von meinen Eltern gelernt! Bei einem Sturm wäre ich damals beinahe aus dem Nest gefallen.", antwortete sie selbstbewusst und hob dabei ihre Brust etwas an. „Aber keine Angst, alle Spatzen verstehen sich untereinander bestens!", fügte sie hinzu. „Auch wenn es immer wieder Konflikte gibt, weil wir Katalonier von Spanien unabhängig sein wollen."

„Übrigens, habt ihr dieses Jahr eigentlich wieder so viele Touristen?", fragte Michael neugierig. „Jein, mal sind es mehr, mal sind es weniger, auch abhängig von der Wetterlage auf unserer Insel. Zurzeit haben wir hier noch viele Engländer und Holländer. Die sind viel netter als die reichen Deutschen. Sie bevorzugen den Strand von *Picafort*. Engländer sind übrigens großzügiger beim Übriglassen von Speisen. Die Deutschen futtern meistens alles auf oder lassen sich sogar Reste noch einpacken und nehmen diese mit ins Hotel aufs Zimmer. Das ist total verboten! Und dennoch! Was mal schön pizzawarm war, fressen – pardon - essen die auch noch kalt beim Fernsehen in ihrem Hotelzimmer. Wenn Deutsche mit Kindern reisen, gibt es für uns Spatzen in den Restaurants immer was zu naschen. Die Eltern bestellen viel zu viel für die verwöhnten Nachkommen, die nach Lust und Laune lachen, kreischen und plärren dürfen. Die lieben Kleinen sagen nach kurzer Zeit: *„Mama, ich kann nicht mehr!"* *„Lass es halt stehen, willst du ein Eis haben?"* Und schon wird der Ober gerufen."

„Gibt es bei euch in Deutschland eigentlich auch Spatzen?", fragte Marisa „Ja, natürlich, federgenau dieselben! Allerdings sind sie bei uns etwas zurückgegangen!", antwortete Micha traurig und fuhr fort: „Und deshalb ist der Spatz in Deutschland zum *Vogel des Jahres* ernannt worden. Mit Bild in allen Zeitungen! Diese Auszeichnung ist allerdings gleichzeitig ein Signal fürs Aussterben oder noch drastischer: die Gefährdung einer Vogelart und dient dem Artenschutz!" „Ich weiß nicht, ob es das bei uns auch gibt?", erwiderte Marisa nachdenklich: „Dann wärst du ja jetzt in Deutschland ein gefeierter Vogel!", entgegnete Marisa bewundernd und wie gratulierend. „Aber ein langsam Aussterbender", fügte Micha melancholisch hinzu.

„Es ist viel zu heiß hier in der brütenden Sonne! Ich schwitze unterm Federkleid! Komm, ich weiß ein kühles Plätzchen bei der *Esglesias Sant Jaume*. Das ist nämlich unsere Pfarrkirche, die unter König Jaume II. gebaut wurde!", lud Marisa Micha ein. „Weiß ich, weiß ich!", frohlockte Micha. „Als ich Mensch war, besuchten wir diese einmalig schöne Kirche."

„Mal was ganz anderes, Micha, wir Spatzen wundern uns, dass ihr Zweibeiner so viele Sprachen sprecht? Wir haben das einheitliche *Tschilp-tschilp*, in verschiedenen Tonlagen, können aber auch fürchterlich schimpfen und zetern, zum Beispiel so: *Teteteterr, teteteterr!* Aber das wirst du ja schon noch alles kennenlernen!", plauderte sie ohne Unterbrechung. „Und noch was! Ihr Deutschen zahlt am besten!", hat mir ein Alcúdia-Spatzenkollege erzählt, der dort bei eurem Hotel mit seinem derzeitigen Weibchen in den Zweigen einer Palme ein Nest gebaut hat und emsig beim Brüten mithelfen musste. Ich traf ihn zufällig, als ich mit meinen Großeltern zum ersten Mal zusammen in diese Hotelgegend von Alcúdia flog. „Mit seinem *derzeitigen* Weibchen?", fragte Micha unterbrechend. „Was stört dich daran, Micha?", verwunderte sich Marisa. „Seid ihr nicht miteinander treu wie zum Beispiel die Schwäne?", erwiderte Micha nachdenklich. „Treu, was ist denn das?", fragte Marisa. „Das bedeutet, dass man ein Leben lang mit einem Partner zusammen lebt, Freud und Leid mit ihm teilt!", tschilpte Michael andächtig. „Ein Leben lang? Wir Spatzen brüten meist viermal im Jahr und nicht wie die Schwäne immer mit demselben Partner. Wir warten nicht so lange bis bei euch Menschen die Weibchen in die Wechseljahre kommen und dabei den Ehemann gleich mit auswechseln. Und besonders darauf achten, sich dabei auch gleich einen potenten Jüngeren oder stinkreichen Alten zu angeln. Meistens haben wir Spatzen schnell noch in der gleichen Saison einen neuen Partner, mit dem wir allerdings dann auch den Nestbau und das Aufziehen der Jungen glatt durchziehen. Na ja, das wirst du schon noch begreifen lernen, Michalein!", erklärte Marisa heiter gestimmt, etwas hämisch mit dem Schnabel klappernd.

Micha war weiterhin fest in der Szene gefangen.

„Du bist ja echt neugierig wie eine Katze! Warum willst du meine Familie im Hotel aufsuchen?", fragte Micha gereizt, weil sich erneut sein schlechtes Gewissen meldete. "Iris und meine Töchter würden mich nicht erkennen. Was kümmert die schon ein Spatz? Selbst, wenn ich sie in meiner, ihnen wohl vertrauten Menschenstimme ansprechen könnte. Die würden ja denken, da spukt es und würden schnurstracks davonfliegen, äh, zur nächst erreichbaren Polizeistation laufen! Ich bin so glücklich wie ein Menschenspatz nur sein kann und genieße erstmals nach so vielen Urlauben meine große Freiheit. *Tschilp*, noch nie war ich so frei, so unsagbar glücklich wie jetzt!" Micha spreizte seinen linken Flügel genüsslich aus: „Und nun habe ich dich kennengelernt. Ist das nicht wunderbar?", flötete er und pickte ganz kurz in ihren rechten Flügel. „He, das mag ich nicht, so angeschnäbelt zu werden! Das macht mich nicht an. Das ist wohl noch aus deiner menschlichen Denke und Handlungsweise?", wehrte sich Marisa. „Was kümmert´s mich, wenn du deine Familie einfach im Stich lässt. Also gut, dann halt nicht! Warum sollte ich auch deine Familie sehen?", lenkte Marisa ein. „Wir Spatzen sind nicht wild darauf, immer fest und treu zusammen zu bleiben. Wir sind nicht partnerbezogen, bis dass der Tod uns scheidet wie bei euch Menschen, speziell, wenn ihr sogar noch kirchlich getraut seid. Wir sind nur jeweils für ein Gelege innerhalb von maximal vier Gelegen pro Jahr verantwortlich. Egal mit welchem Partner! Und außerdem muss ja unser Spatzenleben weitergehen, egal mit wem! Im Herbst versammeln wir uns draußen vor der Stadt auf der Pferde- und Eselkoppel und machen dort ein Mordsspektakel. Wir fliegen besonders gern in die Maisfelder oder in die Kapernhecken. Nur die verdammten Katzen bereiten uns oft tödlichen Ärger. Das heißt, wenn dich mal eine in den Pranken oder im Maul hat, ist es bereits zu spät. Ein heranschleichendes Katzenbiest veranlasst uns, blitzartig auf den nächsten Baum oder auf eine Mauer zu flitzen. Zum Glück gibt es noch andere Vögel wie zum Beispiel die sehr verlässlichen Amseln, die das mit beobachten und uns mit lautem Gezeter warnen. Was uns auch nervt, sind die hektischen, lauten Einheimischen mit ihrem ständigen Gehupe und die neugierigen, oft rücksichtslosen Touristen, wenn sie Zigaretten qualmen, die Kippen achtlos zur Seite werfen und sich laut unterhalten als wären sie allein auf der Welt! Diese verflixten Zweibeiner sind oft einfach nur zum Davonfliegen! Es bleibt uns ja nichts anderes übrig. Hunde mögen wir zudem von Haus aus schon gar nicht leiden. Ihr untertäniges Gewinsel, das kaum enden wollende Gekläffe, das an der Leine Herumbeißen und das unaufhörliche; freudige Hochspringen beim Begrüßen und immer wieder ihre schleimende Anhänglichkeit an ihre Herrchen und überhysterischen Frauchen. Das ist geradezu penetrant! Ganz abgesehen von den Hinterlassenschaften! Unsere schlimmsten Feinde aber sind und bleiben die verdammten Katzenbiester - die bayerischen Touristen sagen *Kotzenteifis* dazu - die unsere Jungvögel als Lieblingsspeise genüsslich verzehren. Aber jetzt zurück zu dir, Micha! Wenn du echt Freiheit haben willst, dann ist doch dein neues Spatzenleben perfekt! Gerne würde ich dir einmal die Altstadt zeigen, wenn du dich traust, hier von der hohen Mauer herunter zu fliegen?", tschilpte Marisa auffordernd. „Iiieh, das geht ja ganz schön nach unten!" Micha dachte, es würde ihm dabei sicherlich schwindlig werden. Doch dann sagte er sich mutig beherzt: „Ich muss es wagen! Also los!" Er gab sich einen Schubs und flog geradewegs hinunter auf ein tiefer stehendes Hausdach neben der Pfarrkirche *Sant Jaume*. Die Dachziegel waren heiß wie aufgedrehte Herdplatten. Spatzenfüße haben damit kaum Probleme, denn sie würden nie lange darauf sitzen bleiben.

Michael wunderte sich, dass ihm gar nicht schwindelig geworden war. Er schüttelte sein Gefieder, wetzte den Schnabel und siehe da - die Spätzin landete mit leichtem Luftzug dicht auf Federfühlung neben ihm. „Super, *tschilp, tschilp*, für einen Menschen kannst du schon ganz toll fliegen!", nickte sie anerkennend und zwinkerte ihm verliebt zu. „Mensch ist gut, nur weil ich dir von meiner Verwandlung erzählt habe!", erwiderte Micha trotzig. „Ich fliege so sicher wie ein Spatz!", ergänzte er stolz. „Auf, dann lass dir mal die Altstadt zeigen, Micha!" Dabei blinzelte sie ihn erneut von der Seite an, putzte sich kurz an der Brust und abwechselnd unter beiden Flügeln und ließ hinten was fallen.

Michael schnaufte inzwischen schwer im Sessel und sein Mund trocknete langsam aus. So entwickelte sich zunehmend ein stärker werdendes Schnarchen, das dem angelassenen Motor eines Mopeds glich.

„Vorher trinken wir noch was in einem herrlichen Olivengarten. Gleich da drüben kenne ich in einer Finca eine schöne Süßwasser-Schale bei reichen Menschenleuten, die sich hier aus England eingenistet haben", schnäbelte Marisa schnippisch und empfahl ihm: „Flieg einfach hinter mir her. Und pass auf, wenn wir uns mal verlieren sollten, gerade in diesem Innenhof lauern viele Katzen auf uns. Die Besitzerin hat einen Katzentick. Und eh man sich versieht, ist so ein Vogeljäger auf samtenen Pfoten da, die zu Killerpfoten werden, wenn du verstehst, was ich meine!"

Wonne pur: Nebeneinander fliegen

Marisa und Micha flogen einträchtig nebeneinander über eine *muralla* (Mauer) direkt in Richtung der Finca. Nebeneinander fliegen war ein tolles Gefühl. Die Federn flatterten im Wind wie Wimpel und man musste nur aufpassen, nicht zu dicht aneinander zu kommen, damit sich die Flügel nicht streiften. Micha war begeistert von dieser neuen Zweisamkeit, unter sich die Mittelmeer-Flora in ihrer ganzen Vielfalt zu sehen. Er vermisste seine Filmkamera und seine Rolleiflex, die er als Urlauber sonst beide immer bei sich trug. Schon im Flug sah er eine Fülle von Geranienarten, die immer wieder und überall herrlich blühenden Büsche der Bougainvillea mit ihren großen, pinkfarbenen Blütenblättern, eine der schönsten Pflanzen südlicher Länder sowie den Hibiskus mit Knospen und ebenso schon aufgeblühten roten und weißen Kelchen. Im Garten standen Dattelpalmen wie eine kleine Säulenhalle im Rechteck aufgereiht, dazwischen blühende Mandelbäume und in der Nähe der Wasserschale eine Rabatte mit sattgelben Feigenkakteen, sogenannte *Opuntien*, die durch ihren strengen Duft Insekten die Luft vermiesen und daher in jedem Garten für alle anderen Lebewesen ein echtes Muss bedeuten.

Marisa deutete plötzlich mit dem Kopf kurz nach unten drehend an, dass sie einen Zwischenstopp machen will und landete sogleich auf der Finca-Mauer, die sich im weiten Bogen um das Anwesen krümmte. „Wir müssen mal kurz anhalten, Micha". „Ich muss zuallererst nach den Katzen schauen! Siehst du, zwei liegen vorn auf der Terrasse, sieht aus als ob sie schlafen, aber das täuscht. Mein Onkel ist hier beim Trinken an der großen Tonschale von einer gepackt und gefressen worden. Nur mein Vater hat ihn an seinen Federn erkannt, die teils blutverschmiert um die Schale lagen. Wir haben keine Trauer, wenn es einen von uns erwischt, weil wir nichts Konkretes dagegen tun können. Aber unvorstellbare Wut und Hass haben wir schon. Und sind dankbar, wenn uns - wie schon gesagt - unsere Gevatterin Amsel in den Gärten warnt. Nur Mut! Wenn wir flink sind, können wir dort drüben an der großen Tonschale köstlich frisches Süßwasser nippen, aber pass auf, Micha, hörst du?" Und schon flog sie von der Mauer hinunter in den Garten, vorbei an blühenden Oleanderbüschen und saß auf einmal am Rande einer großen Tonschale, die reichlich bis zum Rand mit Regenwasser vom Vortag gefüllt war.

„Komm!", tschilpte sie etwas nervös. „Bin schon da, Marisa!", meldete sich Michael und schnippte mit dem Schnabel in die klare Wasserschale. „Köstlich, könnten wir darin nicht auch baden?" „Psst, sei doch still und hör auf zu quatschen oder gar zu plant-schen!", ermahnte Marisa „Denk an die Katzen!!! Jetzt wäre Baden wunderbar! Doch dann hören uns diese Katzenräuber, wie wir mit den Flügeln das Was-ser aufspritzen lassen. Es ist auch so still! Kein Vogel warnt uns. Ich weiß an der *Porta de Sant Sebastià* eine viel katzensichere Pfütze. Dort können wir gerne später einmal ein Bad nehmen. Eins nach dem ande-ren, Michalein!", warnte sie zärtlich, mit hastigem Rundumblick und schnellem Kratzen hinter dem Ohr.

Da plötzlich fiel ein Schatten auf die terrakotta-braune Schale. Marisa schrie: „*Teteteterrr, tetete-terrr!*", und flüchtete nach oben auf die Mauer zurück. Wo war Michael? Wenn es ihn erwischt hatte, würde das Katzenvieh ihr todbringendes Spiel mit ihm trei-ben. Sie schaute über den Mauerrand wieder nach unten und konnte nur noch die davonschleichende Jägerin sehen, die mürrisch nach oben schaute, als wollte sie hohnlachend sagen: „Na warte, wenigstens einen von euch kriege ich noch!"

Marisa flog auf einen der Oleanderäste und sah Micha ganz verängstigt in einem Kapernbusch sitzen. Mit klopfendem Herzen sperrte er den Schnabel weit auseinander als müsse er nach Luft schnappen. Sie flog sofort zu ihm. „Marisa, mach´ nie wieder solche Verrücktheiten mit mir! Ich hab´ doch noch keine Erfahrung mit diesen Biestern. Als Mensch waren mir Katzen stets vertraut. Aber jetzt aus meiner Vogelper-spektive sind das mächtig große, schnelle und lautlose Raubtiere. Ich konnte gerade noch auffliegen. Ich sah wie die eine Katze von den beiden Schlafenden, sich räkelte und plötzlich in ein paar Sätzen von der Terrasse auf mich zugeschossen kam.", schluckte Michael noch immer aufgeregt. „Ich habe nur den Schatten gesehen", meinte Marisa noch außer Atem. "Es ging alles so schnell. Hätten wir uns nicht unterhalten, hätten die Katzen uns nicht gehört! Ich hatte dich gewarnt, verflixt aufzupassen! Ich wollte dir ja nur die herrliche Trinkstelle zeigen, Micha!" „Beinahe wäre einer von uns erwischt worden!", japste Michael noch immer außer sich. „Die sind blitzschnell und urplötzlich steckst du in ihrem Maul.", ergänzte Marisa.

„Micha, oh Micha, bin ich erschrocken! Lass uns gleich zur Stadtmauer fliegen, damit wir in Ruhe trinken und vielleicht auch auf den Schreck hin ein beruhigendes Bad nehmen können!", schlug Marisa vor. Sie überflogen die wuchtige *Porta Principal*, das einstige Haupttor von Alcúdia, auch *Porta de Saint Sebastià* genannt und landeten auf der tiefer gelegenen südlichen Stadtmauer. „Mein Großvater erzählte mir viel von der Geschichte der Altstadt und hat den Menschen-Fremdenführern oft zugehört, die er ausnahmsweise verstanden hat."

Statt Urlaubshysterie, lieber ein wenig Alcúdia-Historie!

„Die ursprüngliche Stadtmauer wurde bereits 1362 errichtet und ist zwei Meter dick und sechs Meter hoch.", erzählte Marisa weiter. „Sie war zeitweise mit 26 Türmen bestückt und von einem breiten und tiefen Graben umgeben. Wieso das Spatzen interessiert, ist mir schleierhaft. Aber so sind halt Geschichten aus dem Spatzen-Latein meiner Familie!", fügte sie erklärend hinzu. „Für einen Spatz absurd und doch völlig unnötig, das zu wissen.", schüttelte Micha den Kopf hin und her und begann mit dem Schnabel zu gähnen, indem er ihn weit aufsperrte. „Das habe ich Großpapa auch immer gesagt, aber er war unbeirrt und meinte, wenn man als intelligenter, frecher und wie die Menschen sagen, vorlauter Spatz in Alcúdia oder auch überall sonst lebt, sollte man auch etwas über die Geschichte seiner Stadt wissen. Und so hatte er mir vieles eingetrichtert.", erläuterte Marisa lehrerhaft.

„Dank dieser Stadtmauer konnte die Stadt 1521 und sogar bei der Belagerung in der unruhigen Zeit der Handwerker und Bauernaufstände 6.000 Rebellen trotzen. Philipp I. und Philipp II. hatten die Mauer 1660 fertig ausgebaut. Sie ist leider zu Beginn des 20. Jahrhunderts von den Alcúdiern abgetragen worden. Erhalten geblieben ist nur die *Bastió Sant Ferran*, auf der wir hier sitzen. Und noch was: Erzherzog Ludwig Salvator bezeichnete Alcúdia als die „Stadt der Kapern". Überall kannst du hier in der Altstadt Kapernbüsche entdecken! Langweilt dich das, Micha?", fragte Marisa. „Nein, nein, ich bin an historischen Hintergründen immer interessiert, Marisa! Aber eigentlich habe ich nach dem Riesenschreck großen Hunger! Wo gibt es denn was zu Schnabulieren?" „Kein Problem!", tschilpte Marisa sorglos. „Wir fliegen ins Zentrum zum Rathaus mit der prächtigen Turmuhr, genannt *Casa Consistorial*. Nachts ist die Uhr sogar beleuchtet. Und dann sind wir auch schon inmitten der Altstadt, *dem Plaça ca Constituciò* und dem *Plaça Verduras*. Da gibt es einiges Leckeres von den Touristen zu stibitzen".

Sie flogen direkt auf den Vorplatz eines Restaurants mit großer Mittagstafel, Tischen, Stühlen und Sonnenschirmen. „So nah traust du dich heran?", wunderte sich Micha. Marisa flog auf die Rückenlehne eines nicht besetzten Stuhls und hüpfte auf den Tisch, dessen Gäste gerade aufgebrochen waren. Da war noch einiges von den Weinblättern und dem Kichererbsen-Püree übrig geblieben. Auf dem Nachbarteller lagen Reste einer gefüllten Paprika. „Komm schon!", drängelte Marisa, „Bevor die Bedienung abräumt!", dabei machte sie sich sofort an der Paprikaschote zu schaffen. Zwei junge Mallorquinerinnen bedienten hin und her flitzend, Speisen und Getränke balancierend, um die hungrigen und durstigen Touristenmäuler zu stopfen. Als Micha auch zum Tisch über die Stuhllehne geflogen kam, fiel ihm eine Bedienung besonders auf: „Die mittelgroße Bedienung dort, die gerade erneut Paprikaschoten, Pommes mit Ketchup und das Bier schleppt, sieht toll aus! Mir gefällt das fein geschnittene Madonnengesicht, ihre etwas kräftigere Figur und vor allem ihre freundliche Art, Touristen zu bedienen, die nicht immer gerade freundlich sind.", schwärmte Micha leidenschaftlich.

„Was redest du da, du Menschspatz! Vergiss endlich einmal, dass du Zweibeiner warst. Ich dachte, du bist hungrig? Und schon schaust du auf die Bedienung mit weißer Bluse und auf den schwarzen engen Rock. Wann wirst du mal spatzenerwachsen? Bin ich nicht schön für dich?" Während sie sich so laut tschilpend unterhielten, kam eine der beiden Bedienungen mit einem weißen Geschirrtuch und schimpfte fluchend, dass sie zum Teufel fliegen sollten. Jedenfalls hörte Michael noch so was wie „diablo". Sie fuchtelte die beiden Spatzen davon.

Marisa und Micha retteten sich ohne große Aufregung auf den Zaun gegenüber und mussten zusehen, wie die restlichen köstlichen Speisen abgetragen wurden. „Jetzt bleibt uns nur übrig, auf dem Fußboden nach Krumen, Pizzaresten, Salatblättern und anderen herunter gefallenen Speiseresten zu suchen. Aber Vorsicht, Micha! Es ist nicht so einfach zwischen den Menschenbeinen hindurch zu hüpfen. Wenn wir darunter hervorfliegen müssen, weil uns sonst ein Bein tritt oder die Menschen gar unter dem Tisch nach uns frechen Spatzen schauen wollen, kannst du sehr schnell an der Tischdecke hängen bleiben. Also pass gut auf, Micha! Oft liegt zu allem Unglück ein zungehängender, hechelnder Hund mit unter dem Tisch, der uns Spatzen genauso wenig mag wie wir Hunde und Katzen. Wenn wir Glück haben, füttern uns jetzt einige Menschen. Auch Kinder, aber die machen meistens so hektische Bewegungen oder wollen uns streicheln. Da ist das beste Mittel, die Flucht zu ergreifen und blitzschnell wegzufliegen. Je mehr du auf die Menschen zuhopst - sie nennen das zahm - desto mehr bekommst du von ihnen zugeworfen. Wir sind doch kein Spielzeug!", belehrte Marisa.

Sie flogen erneut zu den Tischen und erlebten es so ähnlich wie es Marisa beschrieben hatte. Man musste sich vor den Beinen der Menschen in Acht nehmen, die ständig hin und her zappelten oder übereinander geschlagen wurden. Wenigstens war zum Glück weit und breit kein Hund in Sicht. Ein kleines Mädchen machte auf die lustigen zwei Spatzen aufmerksam und warf Marisa und Micha Semmelbrocken zu, die viel zu groß waren. „Die Weinblätter waren viel leckerer", meinte Micha, „als der fast verwelkte Garniersalat und die Semmelbrösel." „Bei mir steckten in der Paprikaschote noch klitzekleine Fleischkügelchen, einfach lecker!", ergänzte Marisa. „Wir können ja später nochmals hinfliegen!", meinte Micha, noch den letzten Krümel schluckend. Inzwischen war es auf dem Rathaus mit feierlichem Glockenschlag 15 Uhr Nachmittag geworden. Einige Urlauber, die in der Altstadt wohnten, waren vom Mittagessen mit Bier oder Rotwein müde geworden und sehnten sich nach einem Mittagsschläfchen in ihren Pensionen und Hotels, um dann noch zum Alcúdia-Strand zu fahren und am Abend wieder so richtig auf die Pauke zu hauen.

Wie Marisa und Micha zu Spannern wurden

Marisa hatte eine Idee: „Ich weiß noch eine leckere Mahlzeit auf einem Hotelbalkon. Da wohnen seit ein paar Tagen zwei junge Menschenleute, die auf dem Balkon frühstücken und ab und zu ins Zimmer hineingehen. Das ist günstig, um noch was Leckeres zu naschen, Micha! Und vorher könnten wir noch ein Bad auf dem kleinen Hotelflachdach nehmen. Da sind wir ungestört!", schlug Marisa vor und Micha bewunderte diese unternehmungslustige Spätzin sehr. Sie war aktiv. Sie babbelte zwar ununterbrochen, beinahe so plappernd wie seine Frau, aber schnäbelte auch viel mit ihm. Zum Beispiel ganz toll und präzise rund um sein Auge und kraulte ihm den Hals. Und wenn dann noch die Sonne nicht zu heiß schien, dann war das die größte Wonne, zu leben und zu genießen. Marisa flog wie immer voraus. Micha hatte keine Mühe mehr ihr zu folgen. Ihm gefiel die Spätzin mehr und mehr. Ihr Temperament, ihre fürsorglichen Warnungen vor Katze, Hund und Mensch. Und Hinweise, wo man klares Wasser nippen konnte und auch noch ein erfrischendes Bad nehmen. Dazu ihr verführerisches Ducken vor ihm, das ihn immer öfter veranlasste, sie zu beflügeln, einfach Liebe zu machen. Er kam sich jetzt richtig wie ein Held vor. Dabei lernte er die Welt der Spatzen kennen und fühlte sich immer wohler darin.

Es gab kein Timing mehr, keine Verpflichtungen, sondern nur das Fliegen, die Suche nach Leckerbissen und irgendwo in einer Mauernische windgeschützt vor dem abendlichen kalten Wind übernachten. Einfach neben Marisa wohlig einschlafen und nicht mehr allein sein. Marisa an seiner Seite, das beruhigte ihn und machte ihn glücklich. Was wollte er mehr? Sie flogen um eine Hausecke, steil nach oben auf ein flaches Dach, das mit grüngelbbraunen Gräsern bewachsen war. Mitten drin hatte sich eine etwa zwei bis drei Zentimeter tiefe Pfütze gebildet, die wegen Verstopfung der Dachrinne nicht ablaufen konnte. Sie tranken beide nach Spatzenart mit nippenden Schnäbeln und der typisch nach oben biegenden Kopfhaltung, damit der Schnabel das köstliche Wasser wie ein Trichter aufnahm und durch die Senkung einfließen ließ. „Einfach erfrischend!", sagte Micha mit leisem Schnabelton. Und trank gleich mehrere Male daraus. Auch Marisa hatte großen Durst, trank hastig und fing an ihre Flügel in den kleinen Pfützensee zu tauchen, sich aufzuplustern und kräftig zu schütteln, um gleich nochmals die Flügel unterzutauchen. Das sah wie an einem Bach beim Wäschewaschen alter Zeiten aus, wenn Wäschestücke hin und her geschlagen wurden. Das spritzte nicht schlecht. Die Sonne traute sich auf einmal hinter einer dunklen Wolke hervor als ob sie den Verliebten zuzwinkern wollte.

Marisa tschilpte und teteterrte vor lauter Inbrunst und Badelust und tauchte nun auch noch ihr Köpfchen unter Wasser ein. Ihre Federn wurden immer nasser, je mehr sie sich in die Pfütze duckte. Es war eine ähnliche Haltung wie beim Liebesspiel. „Du kannst wohl nie genug bekommen, Marisa!", brabbelte Michael, sprang auf einen umgekippten Blumentopf und zog die nassen Flügelfedern durch den Schnabel. Sogleich kullerten einige Tropfen aus seinem Federkleid.

„Das war ein erquickendes Bad, Marisa!", rief er wie in Gedanken an das schöne Bad in seinem Hotelzimmer. Marisa putzte sich ebenso emsig schüttelnd am Dachrand sitzend und duckte sich nur für kurze

Zeit als ein Schwarm Spatzen lauthals über sie hinweg flogen. „Siehst du? Das sind meine Verwandten, die sich hin und wieder, aber spätestens im Herbst mit regelmäßiger Gewissheit treffen, ausschwärmen und in die Getreidefelder einfallen. Warum die hier im Mai schon mit Ausschwärmen und Versammeln anfangen, kann ich mir nicht erklären! Unsere Familientreffen finden meistens im Spätsommer und Herbst statt, wenn die Vogelbeeren reif sind.", erläuterte Marisa mit schwingend kreisenden Flügeln. „Lass uns jetzt wieder zum *Plaça Verduras* rüber fliegen! Da gibt es sicherlich einige Leckerbissen zu holen!", forderte Marisa munter auf. Nach kurzem Flug saßen sie auf dem Balkongeländer einer kleinen Pension und putzten sich erst einmal gründlich weiter. Marisa äugte zum Balkontischchen auf dem das Frühstück noch nicht abgeräumt war. Kein Laut war zu hören, nur vom Balkon darunter klang wie üblich blechern spanische Musik mit Kastagnettenklang herauf.

Schwupp, flogen sie zum Tisch hinüber. Auf zwei Tellern klebten noch Reste vom leckeren Rührei, zusammen mit vielen Semmelkrumen. Micha probierte von der Erdbeermarmelade und hackte genüsslich in den Rest eines Stückchens Butter. Das schmeckte nicht. Die Marmelade kam ihm sofort bekannt vor, aber die neuen Spatzengene meinten, dass das nicht so gut sei. Auch nicht die Butter. Er vollführte mit dem Kopf eine ruckartige Bewegung nach rechts und links und der Schnabel war wieder frei. Der Rest Butter klebte jetzt an der Kaffeekanne.

Marisa pickte an einer Eierschale, auf der noch Eiweißreste übrig geblieben waren. Plötzlich erschraken beide und wollten fluchtartig davon schwirren. Sie hörten menschliche, eigenartige Schreie und Gestöhn, konnten aber niemand sehen. Es kam auch keiner auf den Balkon heraus. „Psst!", hauchte Marisa, „Nicht wegfliegen, wir schauen mal am Fenster, was dort eigentlich bei den komischen Menschen los ist! Auf, komm, Micha!"

Einen Flügelschlag entfernt flogen sie auf den Fenstersims vor die weit nach innen geöffneten Fenster und sahen ein junges Paar im Doppelbett, das sich übereinander liegend auf und ab bewegte und dabei diese seltsamen Geräusche von sich gab. „Was machen die denn da?", entfuhr es Marisa. Und Micha, wenn er hätte schmunzeln oder lachen können, wusste genau, was sich da abspielte. Eine toll gewachsene, schlanke Frau mit offenem langen mittelblonden Haar saß auf ihrem Liebhaber und wiegte sich nackt rhythmisch wie auf einer Schaukel, schloss ab und zu die Augen, beugte sich zu dem kurzhaarigen, gut aussehenden Mann herab und küsste ihn mal kurz, mal länger, bäumte sich mit sanft wogenden Brüsten wieder hoch, sodass ihre fülligen Haare wie ein Haflingerschweif fontänenhaft in die Höhe flogen. Sie flüsterten sich gegenseitig wohlvertraute Laute ins Ohr. „Sag schon, was machen die denn da?", wiederholte Marisa ungeduldig und hüpfte nervös auf dem Sims. „Marisa, ganz einfach, die machen Liebe! So wie wir, wenn du dich duckst und willst, dass ich dich vögele.", sagte Micha keck.

„Was, um Spatzenwillen, wer ist denn das Weibchen und wer das Männchen?" „Oben das Weibchen und unten das Männchen, Marisa!", erwiderte Micha belustigt. „Wenn es dasselbe ist wie bei uns, warum sitzt dann die Menschenfrau auf dem Menschenmännchen? Bei uns sitzt du doch immer obenauf! Ist es das Vögeln bei den Menschen, wie du es neulich be-

schrieben hast und dabei so komisch gelacht hast?",
fragte Marisa neugierig „Ja, das heißt bei den Menschen abfällig *Vögeln*. Die Zweibeiner können auswählen, wie sie liegen wollen, je nach Lust und Laune." „Oder als eine Art Übersprunghandlung wie die Tierforscher sagen, für die Lust auf das, was kommen könnte." Marisa kratzte sich nervös in Ohrhöhe: „Zuschauen macht hungrig, macht Lust, es auch zu tun! Micha! Komm! Mach´s auch mit mir, komm!" „Doch nicht hier auf dem Fenstersims, Marisa! Was sagen denn die Menschen dazu, wenn wir hier so ein Theater machen?" „Theater machen nennst du das?", empörte sich Marisa und wetzte die Flügel wie man Messer schleift. Da ertönte plötzlich eine laute Stimme aus dem Zimmer: „Was ist denn da draußen wieder mit den Spatzen los? Jetzt kommen sie schon bis ans Fenster und kreischen einem das Hirn voll! Gucken auch noch beim Vögeln zu!", schrie es lautstark aus dem Zimmer. „Haut endlich ab, ihr verdammten Spatzen!" „Thorsten, sei doch nicht gleich so aufgebracht wegen der süßen Spatzen draußen!", hauchte eine sanfte Stimme. „Die wollen doch auch nur ihren Spaß haben und du machst so einen Aufstand!" Micha und Marisa konnten gerade noch mit entsetztem *Teteteterr* flüchten. Nach einer Flugkurve ließen sie sich in der *Marqués de Zayas* auf dem Vordach eines stattlichen Alcúdia-Hauses nieder, das satt gelbbraun verputzt und mit weinblattgrünen Fensterläden versehen war. Unter ihnen bummelten Strandanbeter, schrillende Urlaubskinder und ab und zu wasserlassende und kotende Hunde, die sich beim Begegnen wütend ankläffen und sofort die Rangordnung austragen wollen. Abwechselnd das Klingeln von Radfahrern, Autolärm, verbunden mit kurzem Hupen wie bei einem Hoch-

zeitskonvoi. Die Stadt wirkte dennoch beruhigt. Die sie umgebende Stadtmauer strahlte Geborgenheit und Sicherheit aus, wenn auch keine Feinde wie im Mittelalter mehr anrückten, die man mit Pech und Schwefel bekämpfen musste. Dafür gab es neue Störenfriede: Touristen, Touristen, Touristen. Einerseits Geldbringer, andererseits schamlose Energiefresser und Umweltverschmutzer.

„Was ist denn jetzt schon wieder los? Warum vollführst du wieder so einen Federtanz?", fragte Micha aufgebracht. „Ich will auf der Stelle nochmal, liebster Spatz! Und vergiss endlich, dass du mal Mensch warst. Du bist wie ich ein sogenannter Haussperling!" Das ließ sich Micha nicht zweimal sagen. Schließlich war ihre Vögellust auch seine. Denn wenn sie beide zusammen kamen, was nicht immer leicht war, die richtig zueinander passenden Stellen zu finden, waren sie überglücklich. Bevor er dieses Mal auf ihren Rücken sprang, fing er an, erst einmal mit ihr zu schnäbeln. Das gab ein etwas kratzendes Schnabelgeräusch, weil Horn auf Horn rieb. „Micha, willst du mich ärgern? Ich will nicht immer so wie du schnäbeln. Ich will es gleich! Also!" Er ließ sich durch ihren fordernden Willen nicht gleich abhalten, sondern schnäbelte noch eine Weile mit ihr weiter, stoppte mit einem Ruck und war dann über ihr. Das wonnige Beflügeln nur ein Sekundenakt. „Du warst klasse!", sagte sie erleichtert und fröhlich.

Der erste Nestbau

„Michaschatz?", tschilpte sie erneut einschmeichelnd. "Was ist denn?", fragte Micha ziemlich genervt. „Jetzt sollten wir mal ans Nestbauen denken!" „An was?", erschrak Michael. „Ans Nestbauen. Ihr Menschen baut doch auch Nester, nennt das Häuser, mit Garten und Schaukeln für eure Kleinen". „Du meinst wirklich, wir sollten ein Nest bauen? Wie geht denn das?", stellte sich Micha absichtlich fragend dumm und doch neugierig an. „Ich zeige es dir. Das heißt, zuerst müssen wir festlegen, wo wir ein Nest bauen wollen, klar?" Micha nickte als hätte er alles verstanden und wäre einverstanden mit allem, was sie wollte.

Sie flogen steil nach oben zum Dach des Hauses und landeten auf einer Dachrinne, die beim Aufsetzen ins Wanken geriet. „Wenn das mal gut geht, Marisa!", sagte Micha etwas nervös. „Willst du hier gleich mit dem Nestbau anfangen? Ich habe noch nie ein Nest gebaut!", druckste Micha herum. „Glaubst du ich, als Spätzin? Ich doch auch noch nicht. Mal sehen, was uns einfällt!", versuchte Marisa beruhigend zu wirken. „Ist doch ganz einfach! Wir sammeln Strohhalme, Grashalme, etwas Moos und ich reiße dir am Bauch einige Federn raus, damit wir das Nest für die Eier schön weich auspolstern können!" „Untersteh dich, mir Bauchfedern rauszuzupfen, es ist schon genug Wind hier oben und den soll ich mir auf die nackte Haut wehen lassen? Und willst du wirklich in dieser wackeligen Dachrinne unser Nest bauen?", fragte Micha sichtlich gereizt und wetzte seinen Schnabel am Boden. „Ja, warum nicht, sei nicht so kompliziert wie die Menschen. Hier bauen wir jetzt unser erstes

Nest hinein! Fertig aus! Basta!", kommandierte Marisa. „Sagtest du, erstes Nest? Oder habe ich mich da verhört?", hinterfragte Micha sofort. „Nein, Liebster, hast du nicht. Wir Spatzen brüten doch etwa drei bis viermal im Jahr!", antwortete Marisa exakt informierend. „Das kann ja heiter werden! Ich soll mithelfen, das Nest zu bauen und womöglich vielleicht sogar noch brüten?" „Klar doch! Wir Spatzen haben Arbeitsteilung. Da musst du ganz schön mit ran. Das Nest muss heute noch fertig werden. Wir sind die Bauherren, gleichzeitig die Bauarbeiter und niemand kann uns rein reden! Du musst jetzt mit mir ein Nest bauen! Und zusätzlich kann es sein, dass es sehr bald mit dem Eierlegen losgeht. Es ist bei mir so ein inneres Ziehen im Bauch. Das wird mein erstes Ei werden, das ich uns ins Nest lege, Michalein! Ihr Männchen könnt das nicht nachempfinden.", antwortete Marisa einfühlend.

„Ach du lieber Himmel! Begreifst du eigentlich nicht, dass es Unsinn ist, in einer Dachrinne ein Nest zu bauen? Wenn es regnet, schwemmt das Regenwasser das Nest raus und alles war umsonst!", warnte Micha. „Das sammelt sich nur, wenn die Dachrinne verstopft ist. Siehst du das Fallrohr dort? Wenn es in die Dachrinne regnet, kann es ganz einfach durch das Rohr ablaufen. Ich sehe nicht mal Dreck und Moos darin. Hier sind wir doch bestens untergebracht!", widersprach Marisa energisch. „Aber nicht windgeschützt!", entgegnete Micha. „Wir brüten doch nicht ewig. Die zweite Brut legen wir ganz woanders an!", entgegnete Marisa beschwichtigend. „Dann kannst du den neuen Nistplatz bestimmen, in Ordnung?"

Sie flogen in seitlich gelegene Hausgärten, sammelten emsig Halme, da einen winzigen Fetzen Stoff, ein

Stückchen Papier, dort etwas Moos unter einer Hecke, kleine dünne Zweige und verdorrte Kapernblätterteile. Das Nest in der Dachrinne war nach Spatzenart nur schnell ineinander verflochten. Sie setzten sich abwechselnd hinein, drehten sich um 360 Grad, um die Rundung des Nestes zu formen und fanden schnell heraus, dass es genügte. „Nur sich nicht verkünsteln, Micha!", riet Marisa. „Wir brauchen keine Prachtvilla wie die Menschen." Der Abend dunkelte herein. In der Altstadt gingen im Zentrum gelblich-rote Lichter an. Touristen saßen zum Teil immer noch vor den Cafés am *Plaça Constitucio* und am *Plaça Verduras*, aber auch noch in den vielen anderen verwinkelten Gassen bis spät in die Nacht hinein, lachend, teils grölend, teils singend, begleitet von original spanischer Folklore-Tanzmusik. Die Nacht war lau und doch etwas abgekühlt. Sie wachten auf, vergewisserten sich, dass sie noch einigermaßen festen Halt spürten und schliefen immer wieder kurz ein.

Am nächsten Morgen wachten sie schon in aller Frühe nebeneinander in ihrem neuen Dachrinnenheim auf, begannen gleich mit der Morgengymnastik, die Flügel auszustrecken und sich auf den blechernen Dachrinnenrand zu setzen, um ihre Federn eine nach der anderen durch den Schnabel zu ziehen und hingebungsvoll, fast andächtig zu ordnen und zu putzen. Es war gegen Morgen noch kühler geworden. Wind kam auf. Micha fühlte sich kreislaufmäßig irgendwie wackelig auf den Spatzenbeinen. "Hast du gut geschlafen, Micha?", fragte Marisa mit aufgesperrtem Schnabel wie beim Gähnen. „Es war schön so nah neben dir den Kopf in die Federn zu stecken und dich bei mir zu haben!", erwiderte Micha leise. „Mir ging es auch so wie dir, war echt schön, Michalein!", schaute Marisa ihn ohne zu tschilpen liebevoll an.

Ein riskanter Ausflug zum Cap de Formentor

Marisa verspürte doch noch nicht den inneren Druck, der zum ersten Ei legen geführt hätte. Deshalb wollte sie die Zeit nutzen, um noch vor dem großen Brüten einen gemeinsamen Ausflug zu riskieren. Marisa schlug vor, zum *Cap de Formentor*, der felsig schroffen Nordostspitze von Mallorca zu fliegen. Das ist das östlichste Ende der Halbinsel Formentor und gleichzeitig der nördlichste Punkt der Baleareninsel, von den Mallorquinern *Treffpunkt der Winde* genannt. So fragte sie ihn, ob er sich das zutrauen würde. Es sei nicht so weit entfernt gelegen und so wie sie beide jetzt schon gut trainiert waren, könnten sie das schaffen.

Was blieb Micha da anderes übrig als einzuwilligen. Außerdem kannte er sich sowieso landschaftlich nicht aus. So hatte sie ihn schnell um die Feder wickeln können und wies ihn nur ganz harmlos darauf hin, dass der Wind dort zwar für Spatzen ziemlich stark sei, aber nicht beängstigend und gut zu überstehen. Es mache auch Spaß, sich vom Wind tragen zu lassen, so dass beim Fliegen keine Probleme aufkommen würden. Sie würde ihn schon warnen, wenn was wäre. Man müsse halt nahe am Boden bleiben, wenn starke Böen aufkämen. Nur Möwen und gerade noch Tauben hätten dann eine Chance, dem rauen Windgebraus zu trotzen. Micha kratzte sich wieder einmal am Kopf, hatte innerlich schon gewisse Befürchtungen, weil er ja kein gebürtiger Vogel war und erst vor Tagen das Fliegen gelernt hatte. Mutig sagte er einfach, dass ihn der Ausflug schon reizen würde. Das wäre ihm viel lieber als Nistmaterial zu beschaffen, geschweige denn, ans Brüten zu denken. Das konnte er sich sowieso nicht richtig vorstellen.

Nachdem sie noch ein paar köstliche Knospen verspeist hatten und auf der Pferdekoppel gegenüber der Straße *Alcúdia-Artà* aus den Pferdeäpfeln einige Körner herausgepickt hatten, waren sie für den abenteuerlichen Flug zum *Cap de Formentor* bestens gestärkt. Marisa riet, vor dem Flug nicht noch mehr Nahrung aufzunehmen. Sie könnten ja zwischendurch mal eine kleine Futterpause einlegen. Micha spürte jetzt wie stark und ehrgeizig Marisa war. Sie hörte nicht auf zu fliegen. Sie flogen immer die Landstraße entlang, um dann in den Pinienhainen kurz ausruhen zu können. Vor ihnen lag der auch als *Cala Pi de la Posada* genannte *Formentor*-Strand, auf dem sie sich kurz niederließen. „Siehst du da drüben, das langgestreckte weiße Gebäude, inmitten der Pinien, Micha? Das ist das erste Luxushotel, das auf Mallorca außerhalb Palmas erbaut wurde. Da urlauben nur die allerhöchsten, allerreichsten Zweibeiner wie beispielsweise Politiker, Literaten, Dichter, Schauspieler, Wirtschaftsbosse und sonstige Potentaten aus aller Welt, wie mir mein Großvater neulich erzählte. Micha, genug getschilpt, wenn wir heute noch weiter wollen, dann müssen wir jetzt zum Aussichtspunkt *Mirador d`Es Colomer* fliegen!"

„Die Urlauber fahren angeblich mit dem Auto durch einen zweihundert Meter langen Tunnel, der unter dem *En Fumat* hindurchführt. Wir können uns das sparen!", meinte Marisa stolz. „Kannst du überhaupt noch, Micha?" „Klar doch, aber lass uns noch etwas schnäbeln, du siehst gerade so süß aus, wenn der Wind dein Federkleid aufbläst und du so tust, als würde dir das nichts ausmachen.", flirtete Micha, um die Ruhepause noch etwas hinauszuzögern. Er rückte dabei dicht auf Federfühlung an sie heran, vibrierte erregt zuckend mit den Flügeln und tippte zart auf ihren Schnabel. Marisa hatte verstanden! Micha wollte mehr. Sie schloss die Augen und genoss wie Micha ihren Kopf umschnäbelnd kraulte und dann seinen Schnabel in ihren jetzt ebenso leicht geöffneten Schnabel steckte. Sie waren innig ineinander verschnäbelt, vergaßen den immer heftiger werdenden Wind und Micha überkam es urplötzlich. Er musste sie mit aller Inbrunst beflügeln.

Das Weiterfliegen war nicht einfach, kostete Kraft und ging gewaltig in die Knochen, zumal der Wind mit steigender Höhe zunahm. Der Pinienwald war zum Glück schon überflogen. Jedoch folgten nur noch Felsen. Dazwischen kleine Grasbüschel. Da plötzlich erhob sich vor ihnen der weit zur See und ebenso zum Land ausgerichtete Leuchtturm, der von den Touris nur noch per Pendelbus angefahren werden kann.

Sie landeten auf einem kleinen Wiesenstück zwischen Felsenkolossen und waren zunächst wie erschrocken über die vor ihnen liegende hohe Felswand im Meer. Es war höchste Zeit, endlich wieder festen Boden unter den Füßen zu haben. Marisas Japsen verriet, dass auch sie sich bei dem steilen Flug nach oben übernommen hatte. Sie wollte Micha doch etwas bieten. Hinzu kam die stete Sorge, dass der Drang zum Ei legen hätte aufkommen können - und dann wäre weit und breit kein Nest da gewesen. „Bis direkt zum Leuchtturm da drüben fliegen wir nicht mehr, Micha!", tschilpte sie außer Atem. „Wir haben es geschafft!" Wir sind auf dem *Cap de Formentor*, Liebster!" Sie schaute ihn ermattet und besonders anerkennend an.

„Du, ich bin echt geschafft!", japste auch Micha. „Was interessiert mich der verdammte Leuchtturm dort. Das ist etwas für die abenteuergierigen Touristen. Dort laufen einige! Manche fahren mit dem Pendelbus hier hoch. Es wird bei uns Menschen immer gleich übertrieben. Alles muss super sein, muss Nervenkitzel verursachen. Am liebsten würden sie auch noch mit ihrem Wohlstandskarren den Leuchtturm hinauffahren, statt einfach mal beim Aufstieg zu Fuß stehen zu bleiben und die Weite des azurblauen Meeres zu genießen, soweit das Auge sehen kann. „Schau mal, die weißen Seemöwen, wie herrlich sie über dem Abgrund hinweg segeln und im Aufwind steigen und je nach Lust und Wind sich wieder fallen lassen und dabei ihre etwas schaurig sehnsüchtigen Schreie wie einen noch nicht komponierten *Sound of Seagulls* inbrünstig ausstoßen.", begeisterte sich Micha. „Das möchte ich auch machen, so herrlich in den Aufwinden segeln!", schwärmte Micha weiter und erhob sich wie beim ersten Flugversuch eines Paragleiters.

„Stopp Micha, halt an! Bleib am Felsen, Micha, hörst du, verflixt nochmal, *teteteterr, teeteeeeteeeeteterrrrrr*, M i c h a!", schrie Marisa wie ein Almbauer nach seiner entlaufenden Kuh, die ihre Halsglocke verloren hatte. Aber Micha wurde schon vom Wind erfasst und war plötzlich wie verschwunden.

„*Tschiiillllpppp, tschiiiiilppp!*", wimmerte sie in den Wind, der ihr klägliches Tschilpen hoffnungslos verschluckte. Sie trippelte an den äußersten Rand des Felsens und sah Micha unter sich wie platt ins Gras gedrückt. Sie traute sich nicht zu ihm nach unten zu fliegen, weil der Wind auch mit ihr sein launisches Spiel treiben würde. Es blieb Marisa nichts anderes übrig als voller Angst um Micha auf ihn zu warten.

Da hörte sie ihn ängstlich piepsen. Nur ab und zu konnte sie ihn hören. Der Wind verwehte sein klägliches Getschilpe. Es dauerte und dauerte. „Micha ist abgestürzt!", dachte sie. Die über ihr fliegende Möwe äugte arrogant zu ihr nach unten und segelte mit weiter Flügelspanne elegant mit dem Wind über sie hinweg und davon. Ihr Schrei war wie Hohn auf die Spatzen unter ihr. Marisa brauchte selbst Schutz vor dem Wind und landete halb fliegend, halb hüpfend unter einer Steinbank. Sie fühlte sich von dem Schreck um Micha wie benommen. Nun war sie allein. Sie machte sich schwere Vorwürfe. Sicher, es gab ja genug Spatzenmänner in Alcúdia und anderswo, aber Micha war ein besonderer, ein einmaliger Spatz. Er konnte denken wie ein Mensch, auch wenn sie das meiste nicht verstand, was er ihr erzählte. Sie saß dann neben ihm, hörte zu, sagte wie aus Gewohnheit ab und zu ein Tschilp und so war es gut. Sie hatte gerade mit ihm die Spatzenliebe begonnen und gekostet, das erste Nest gebaut und wollte eigentlich nach dem Rückflug ihr erstes Ei in das neu gebaute Nest in der Dachrinne legen. Sie grübelte vor sich hin, musste einigen nahenden Touristen ausweichen, die sich ausgerechnet auf die Steinbank setzten. Da hörte sie ganz nah ein vertrautes *tschilp, tschilp, tschilp*, das auf einmal vor ihr saß - Micha. Es war nicht zu fassen, es war wirklich Micha mit zerzaustem Federkleid, ziemlich abgeschlafft und doch noch nicht gänzlich k.o. - ihr geliebter Spatzenmann, der angeblich ein Mensch gewesen sein sollte und das Spatzendasein so sehr liebte.

„Micha, mein Micha!", tschilpte sie ihm freudig entgegen. „Micha, du lebst, bist nicht abgestürzt?" „Um eine Feder, wäre es passiert, wenn ich nicht in gabelartig gewachsenen Zweigen eines Niedriggehölzes hängen geblieben wäre. Der Wind hatte mich mit solcher Wucht in die Hecke geschleudert, dass ich mich wieder aufrappeln konnte. Unter mir, Marisa, blitzte das Blau des Meeres und die lockende Tiefe machte mich schwindelig, wie es mir als Mensch schon oft ergangen war, wenn ich auf Leitern, Türmen oder Brücken stand und hinab sah. Ich sprang Hopser für Hopser nach oben, machte ganz kurze Sprünge und dann hörte ich dich rufen. Hast du Angst um mich gehabt, Marisachen?", fragte er noch schwach in der Stimme. „Ich schaute mit eisernem Willen nur stur nach oben. Nur hoch, hoch, hoch!", berichtete Micha noch stockend und doch mit Stolz gewölbter Brust. „Klar, ich habe große Angst um dich gehabt, du könntest abgestürzt sein! Du Micha, du Held vom *Cap de Formentor*. Das hätte ich niemals geschafft!"

Sie duckte sich wie schon oft und dann ging jedes Mal das gleiche Zittern durch ihren Spatzenleib. „Oh Gott, ausgerechnet, das auch noch! Sie wollte beflügelt werden.", dachte Micha. Er musste ein ganzer Kerl sein! Keine Schwächen zeigen wie bei Iris, seinem Eheweib, als sie noch extrem wild nach ihm lüstete. Unweit von der Steinbank lockte eine große Regenpfütze vom nächtlichen Regen angefüllt. Sie nahmen ein kleines Bad darin, tauchten etwas die Flügel ein, um sie surrend wie kleine Propeller zum Abtropfen hin und her sausen zu lassen. Das Wetter konnte sich noch immer nicht entscheiden, eine freundlichere Miene zum Tagesende aufzusetzen. Graue Wolkenbahnen türmten sich auf. Erste Blitze zuckten. Dumpfes Grollen wie das Magenbrummen eines Bären schloss sich an. „Wir müssen zurück nach Alcúdia, Micha!" „Ja, dann lass uns sofort losfliegen, aber mache bitte mehr Pausen, hörst du, Marisa?", warnte der geschwächte Micha. „Lieber übernachten wir unterwegs in irgendeiner Mauernische und warten ab, wie sich das Wetter entwickelt!", verstärkte Micha seine Befürchtungen als die ersten Blitze zuckten. Es blitzte heftiger und immer öfter! Beide schreckten sie bei jedem Blitz zusammen. Der Wind stemmte sich heftig gegen ihre Flügel. Sie mussten in *Port de Pollença* notlanden, denn der Wind kam jetzt mit böenartigen Sturmschlägen, bog die Pinien wie zu einem Strauß zusammen, um sie dann wieder launisch auseinander zu fächern und dem Pinienstamm ächzend knarrende Laute zu entlocken.

Im letzten Moment fanden sie in einem Stall Zuflucht, in dem vom Unwetter aufgescheuchte Schafe ebenso Schutz gefunden hatten. Das lang gezogene *Määääääh* war furchtbar und Micha hätte sich am liebsten die Ohren zu gehalten, aber mit seinen Flügeln war das nicht möglich und mit den Spatzenbeinen schon gar nicht. Unter dem Dach der Hütte fanden sie auf einem Querbalken ein trockenes windgeschütztes Plätzchen. Sie rückten dicht nebeneinander zusammen und wachten immer wieder durch das Donnern und die zuckenden Sturmböen auf, die rüttelnd gegen den Stall schlugen als wollten sie alles umwerfen. Einige Strohballen kippten um und fielen auf die blökenden Schafe, die sekundenschnell auseinander stoben und noch lauter blökten.

„Heute kommen wir nicht mehr zurück in unser gemachtes Nest, Micha!", sagte Marisa ganz leise und drückte sich noch mehr an Michas Federkleid. „Ob unser Nest noch da ist?", flüsterte sie jetzt traurig. „Bestimmt!", murmelte Micha in sich hinein. „Lass uns jetzt etwas schlafen, Marisa.", blinzelte Micha müde und nickte sogleich auf dem Balken ein. Es wurde eine wilde Sturmnacht. Blitze zuckten und erleuchteten für Sekunden das Innere der Hütte immer wieder aufs Neue. Zum Glück trotzte der Schafstall diesem Unwetter ächzend und knarrend bis in den letzten Balken. Nur die Schafe rannten kopflos von einer Ecke in die andere. Sie wären wohl am liebsten wie in Panik ausgebrochen und über alle Berge geflohen. Von Schlafen keine Spur. Gegen Morgen wurde es ruhiger. Die Stürme hatten sich beruhigt, so als wären sie nie da gewesen. Die Sonne traute sich sogar hervor. Der Wind wehte nur noch leise pfeifend um die Ecken der Schafshütte. Marisa wollte „heim". Sie flogen nun in Luftlinie - mit dem Menschenauto sieben Kilometer - nach Alcúdia zu ihrem Dachrinnennistplatz unter dem Dach des Hauses *Can Canta* im *Carrer Major* zurück. Sie sehnten sich danach, im

Schutze der Dachrinne ihr Nest wieder einzunehmen. Aber, oh Schreck! Was war das? Als sie total ermattet „heimkehrten", baumelte die Dachrinne halb herabhängend hin und her und krachte wie das Pendel einer Uhr in regelmäßigen Abständen quietschend gegen die Hauswand, blieb aber unbeirrt hängen. Ihr Nest war wie weggeblasen. Kein Halm war mehr zu sehen und zu finden. „Wenn die Menschen am Morgen aufwachen, werden sie erschrecken.", stellte Micha fest. Sie hatten ihre Fensterläden zum Schutz der Fensterscheiben geschlossen. Blumentöpfe und Oleandertöpfe waren umgekippt, Mülleimer umgefallen und der aufgeklappte Deckel gab den gesamten Unrat frei. Polizeiautos rasten mit Blaulicht durch die Altstadt, die Feuerwehr mit ihrem Getute gleich hinterher. Rauch stieg im Norden der Stadt auf. Fensterläden klapperten als ob sie jeden Moment aus ihren Scharnieren gerissen würden. Die Mallorquiner wurden frühzeitiger wach als sonst und hatten schon im Radio und Fernsehen erste Sturm-Berichte vernommen.

Marisa putzte ihr Gefieder, während sie beide eng nebeneinander unterhalb der losen Dachrinne auf einem Fenstersims saßen. „Nun ist unser Nestbau umsonst gewesen, Micha!", tschilpte sie genervt und enttäuscht. „Das sagt gerade die Richtige! Willst du mir jetzt auch noch Vorwürfe machen? Du weißt sicher noch, dass ich total dagegen war, in einer Dachrinne ein Nest anzulegen. Aber du wolltest ja unbeirrt sogar darin brüten. Dann hätten wir den Eiersalat gehabt und ich hätte keine Lust mehr, mit dir zusammen zu sein und immer wieder ein neues Nest zu bauen und aufs rechtzeitige Befruchten vor dem Ei legen zu achten, geschweige denn auch noch in so einer wackligen Situation die Eier auszubrüten!", tschilpte Micha energisch und verärgert zurück.

Marisa wollte nicht mehr darauf eingehen und auch nicht gleich über einen neuen Nestbau reden. Sie musste versuchen, ihn einfach abzulenken.

„Micha, woher kommen all diese Stürme?", fragte Marisa vorsichtig und doch anklagend und voller Empörung. „Sind nicht deine Menschen daran schuld? Weil ihr verdammten Zweibeiner den Erdball vergiftet. Was Mutter Erde alles erdulden muss!", dabei verschluckte sie sich und musste den Schnabel kurz auf und zu klappen. „Du hast ja total Recht, Marisa!", erwiderte Micha. „Die Menschen verseuchen gnadenlos die Meere mit Unmengen Tonnen von Müll. Wenn sich am Verhalten der Menschen nichts ändert, werden es im Jahr 2100 täglich mehr als elf Millionen Tonnen feste Abfälle sein!", wie ich aus den letzten Artikeln, als ich noch Mensch war, entnehmen konnte. „Schon jetzt sind die verheerenden Auswirkungen immens, wie die gewaltigen Müllstrudel in den Ozeanen zeigen. Die Menschheit ist auf dem Weg, die Müllmengen mehr als zu verdreifachen!"

„Stopp, Micha!", unterbrach ihn Marisa, beeindruckt von seinem kleinen Vortrag über die Übeltaten der Menschheit. „Ich denke, die Menschen sind so gescheit, gehen immer länger zur Schule, lernen, praktizieren, gehen zur Universität, experimentieren in Laboren und vieles mehr! Die müssten doch viel klüger sein als die Menschen von früher! Es soll ja bereits Ansatzpunkte für eine Trendwende geben und ein nach und nach verbessertes Ressourcen-Management der Städte und technologische Fortschritte für leichtere Verpackungen mit immer weniger Plastik." „Keine Spur!", klagte Micha „Sie begreifen nichts und können sich nicht auf Umweltschutz einigen! Die Menschen sind zudem auch immer mehr dem Technologierausch verfallen. Einfach maßlos! Sie nennen das Digitalisierung bis hin zum Roboter, der bereits auf vielen Gebieten den Menschen ersetzen kann. Nur fliegen können Roboter noch nicht - außer Drohnen!"

„Halt noch einmal, Herr Professor!", unterbrach ihn Marisa erneut. „Das alles hört sich ja schrecklich an! Die Erde ist doch unser aller Heimat? Wir lieben sie. Sie ernährt uns und sie gibt uns die Kraft, uns fortzupflanzen. Und was man liebt, schützt man doch ganz besonders!", tschilpte sie höchst erregt. „Ja klar, *tschilp, tschilp*, aber wie sollen wir Tiere das den Menschen beibringen?", seufzte Micha. „Einfach aussterben oder nur noch zum *Vogel des Jahres* gekürt werden?", erwiderte Marisa traurig. Als Menschin hätte sie jetzt bitterlich geweint. Als Spätzin konnte sie sich nur aufgeregt an ihren Spatzenbeinen den Schnabel wetzen, die Flügel wieder übereinander sausen lassen und vor lauter Aufregung wahllos im Federkleid herumpicken.

Micha und Marisa hatten auf ungewöhnliche Weise die gnadenlosen Umweltsünden der Menschheit angeprangert. Nun waren sie zwar nicht beruhigt, fanden sich jedoch bestätigt, wer die wahren Übeltäter auf Erden waren und immer bleiben würden. Und, dass dadurch die gesamte Tierwelt zu Land, zu Wasser und in der Luft mit in den Abgrund gerissen würde. Marisa hatte den Schnabel voll von all dem menschlichen Versagen, beendete das Jammern und Anklagen und ging rasant zur Tagesordnung über. Sie befahl, unverzüglich einen neuen Nistplatz zu suchen und dann sofort mit dem Bau zu beginnen.

Schwerstarbeit: Erst Liebe, dann Brüten…

Marisa und Micha flogen auf eine umzäunte Eselkoppel zu, auf der sich ein altes Steinhaus mit offenstehender Brettertür befand, umsäumt von Zypressen und wild blühenden Heckenbüschen. Vor dem Stall eine verbeulte, teils angerostete Blechwanne mit einem von der Sonne fast ausgetrocknetem Wasserstand vom letzten Regen. Dafür gab es im Stall reichlich aufgehäuftes Stroh und Heu und jede Menge Körner, weil die mallorquinischen Landwirte im Herbst das Getreide einfuhren und es in der Eselhütte aufstapelten und gleichsam für den Winter wetterfest trocken unter das Dach gebracht hatten. Warum hatte sich Marisa mit Micha auf die blöde Dachrinne geeinigt? Wie sie sich jetzt selbst eingestand. Warum hatte sie nicht gleich an den Eselstall gedacht? Sie hüpften in die fast ausgetrocknete Blechwanne und konnten gut darin stehen. Das restliche Regenwasser war von der Sonne wie ausgelaugt und viel zu warm. Es schmeckte labberig, bot jedoch nach dem anstrengenden Flug etwas Feuchtigkeit und löschte ein wenig den Durst. Die Esel standen verstört mit dem Schweif schlagend herum wie nach der geplatzten Arbeitsbesprechung einer Betriebsversammlung. Ab und zu ein lautes *Iaaah, Iaaahh*. Einige Esel standen mit ungeduldigen Hufen stampfend und Staub aufwirbelnd nahe am dünnlattigen Zaun. Am Ende der Koppel, wo das Band eines Elektrozaunes die Begrenzung bildete, weideten fünf Droschkengäule das spärlich bewachsene, bereits schon nahezu abgegraste Gelände nach letzten grünbraunen Halmen ab.

Marisa und Micha flogen in die Hütte hinein und hörten im dumpfen Innenraum viele ihrer Artgenossen, die sich schon häuslich zwitschernd, schwatzend, tschilpend und flatternd eingenistet hatten. In einer knapp unter dem Dach befindlichen Balkennische brütete ein Rotkehlchenpaar. Einige Schwalben hatten meisterlich direkt unter dem Blechdach ihre Halbschalennester angeklebt. Durch das Rütteln und Schütteln und die heftigen Windstöße, waren Jungvögel aus dem Nest gefegt worden. Die aufgeregt darüber hinweg fliegenden Eltern mussten zusehen wie streunende Katzen sich auf die zappelnden, schnabelaufsperrenden, sich krümmenden, nackten, teils schon mit ersten Flaumfedern bedeckten Jungen stürzten und leckere Beute machten. Auch einige Spatzen hatten Schutz gesucht. Der Eselstall war über Nacht zu einem Asyl für Nest- und Sturmgeschädigte geworden.

„Willst du in diese Kolonie einziehen, Marisa-Spätzin?", fragte Micha vorsichtig leise. „Wieso nicht, hier haben wir wenigstens ein sicheres Dach überm Kopf. Und es ist nicht so wackelig wie in der Dachrinne!" Es war einfach, in der einzigen Ecke des Stalles, die noch unbewohnt war, auf einem Querbalken erneut ein Spatzennest zu bauen. Material war in Hülle und Fülle vorhanden. Eilig und schlampig wie nun mal Spatzen sind, waren schnell Strohhalme, kleine Holzsplitter, etwas Rinde und einige Blätter zu einer Nestwandung zusammen getragen. Marisa zupfte bei sich wie beim ersten Nestbau einige Bauchfedern heraus. Nur Micha wollte sich von Marisa nicht nochmals Bauchfedern rausreißen lassen, weil das nicht nur kitzelte, sondern auch ziemlich wehtat. Außerdem war er nicht aufs Brüten eingerichtet und fand, dass diese Aufgabe der Spätzin zukomme, da sie

84

ja auch die Eier ins Nest legte. Und außerdem störte ihn beim Fliegen der Wind an der nackten Stelle seines Bäuchleins. Die fehlenden Federn mussten erst einmal wieder nachwachsen. Und das dauerte. Als Marisa dennoch auf ihn zukam, um an seinem Bauch herumzuknabbern, wehrte er sich heftig mit lautem *Teteteterr* - und flog für kurze Zeit schnurstracks davon. Er wollte sich sowieso außerhalb der Hütte mal weiter umsehen. Als er endlich wieder ins Nest zurückkam, hatte ihm Marisa längst verziehen. Dafür wollte sie aber mit einer Liebesgeste belohnt werden. Damit der Sache Genüge getan war, erledigte er diesen Spaß, der ihm immer weniger Freude bereitete. Sie wollte doch nur beflügelt werden, damit das darauf folgende Ei befruchtet wird. Er fühlte sich mehr und mehr benutzt. Das kam ihm irgendwie bekannt vor. Am nächsten Morgen lag das erste Ei mit einer graubraunen Grundierung gefleckt und gestrichelt im Nest, weich gepolstert von Marisas Bauchfedern.

Das erste Ei! Er schaute verwundert darauf und empfand dabei nicht so recht Freude. Denn schon flog sie davon und tschilpte ihm noch hastig zu: „Setz dich gleich drauf, damit unser erstes Ei nicht kalt wird, mein Spatz!" - und fort war sie. Micha schaute sich das Ei genauer an und setzte sich ganz vorsichtig darauf. An seinem Bauch spürte er sogleich die Wärme des Eies, die Marisa beim Brüten schon erzeugt hatte. Es kam ihm vor wie eine kleine Wärmflasche, die Marisa ihm gleichsam untergeschoben hatte. Micha befürchtete, er könnte das von Marisa bereits angebrütete Ei zerdrücken. Er stand wieder auf, setzte sich, erhob sich noch einmal und sank erneut ganz vorsichtig auf das Ei, behutsam tastend wie ein Elefant sein dickhäutiges, schweres Bein auf die Brust seines Dompteurs setzt, ohne ihm ein Haar zu krümmen.

Da erschien Marisa plötzlich am Nestrand: „Du lernst schnell. Du sitzt ja schon „super cool" wie deine Menschen sagen würden!", begrüßte sie ihn. „Auch noch ironisch werden! Du piepst mir irgendetwas zu und fliegst einfach davon!", ärgerte sich Micha und rückte seine Sitzhaltung leicht drehend. „Du bist doch die Mutter! Du hast das Ei gelegt. Da musst du es auch ausbrüten!", *teteterrte* Micha wütend. „Liebster, ich werde jetzt noch mehr Eier dazu legen. Ich sag´s dir jetzt schon. Vier müssen es mindestens werden. Und du wirst mich jedes Mal vorher so gut beflügeln, dass die dann auch wirklich befruchtet sind! Sonst muss ich immer wieder nachlegen, hörst du! Auch wenn dir das nicht passt, du kannst als menschlich denkender Spatz unsere Naturgesetze niemals ändern! Wir folgen dem Instinkt und reagieren auf eine Vielzahl von Schlüsselreizen. Erstens, wenn ich mich dir entgegenducke, hast du zu funktionieren! Es macht doch auch Spaß, oder nicht? Und zweitens ist es bei uns so Sitte, dass sich auch die *Herren Spatzen* am Brutgeschäft beteiligen müssen. Das heißt: Mithelfen beim Brüten. Hatte ich das nicht schon zu Beginn unseres Kennenlernens erwähnt? Und dann, wenn die Kleinen da sind, musst du beim Füttern mithelfen. Ist das bei euch Menschen nicht auch so?", triumphierte sie selbstbewusst.

Das saß, aber Micha konnte nicht so schnell klein beigeben. Er erhob sich vom Nest, hob die Brust an und belehrte wie ein Dozent im Hörsaal: „Wir Menschen legen keine Eier! Wir brüten nicht! Wir Männchen gebären nicht! Das kann nur das Menschenweibchen! Und die haben auch Eierstöcke wie ihr Vögel.

Im regelmäßigen Abstand löst sich ein Ei davon und wird durch das Menschenmännchen befruchtet. Ich habe jetzt keine Lust, dir die ganze Menschwerdung zu erklären. Ich fliege jetzt davon, *Hasta la vista*, Marisa!", schwupp, elegant mit festem Flug schwang er sich vom Nestrand und flog in Richtung Ausgang, der immer offen war.

Da musste sie sich wieder auf das erste Ei zurücksetzen, damit es ohne Unterbrechung warm blieb. Marisa war wütend über seine Retourkutsche. Menschliche Spatzenmänner sind doch ganz schön blöd, wollen nicht so, wie wir es in unseren Genen haben.

„So ein gemeiner Kerl! Haut einfach ab. Lässt mich im Stich, so wie er seine Menschenfamilie auch im Stich gelassen hat. Na warte!", dachte sie. „Lange bleibt er hoffentlich nicht fort. Sonst lege ich kein zweites Ei mehr und wir lassen das ganze Brüten sein. Ich suche mir einen normalen Spatz, der sich mir nicht widersetzt, unsere Spatzengesetze genau befolgt und das tut, was ihm der Instinkt befiehlt. Verdammt nochmal! Wo kommen wir Spatzen denn hin, wenn wir die Spielregeln so sträflich missachten? Wir sterben aus! Wir sind dann nicht mehr *Vogel des Jahres*, sondern der *Allerletzte Vogel eines Jahres!*" Sie konnte richtig wütend werden, erhob sich im Nest, drehte mit dem Schnabel das Ei, damit es von allen Seiten Wärme bekam und plumpste fast leichtsinnig auf die Eier zurück. Sie wartete und wartete. Er kam nicht. Ob ihm etwas passiert ist? Denken so Sperlinge? Nur Menschen, die vielleicht zufällig Sperling heißen und von irgendeiner fremden Macht verzaubert wurden. Ein kurzer Luftzug - und Micha saß plötzlich vor ihr am Nestrand.

„Da bin ich wieder, Allerliebste!", tschilpte er außer Atem. „Was du kannst, kann ich auch! Ich habe dich vorhin beim Brüten beobachten können, wie du schamlos mit einem Spatzenmann nicht nur geschnäbelt hast, sondern auch noch einiges mehr!", fiel sogleich Micha aufgewühlt vor lauter Eifersucht in einen vorwurfsvollen Schnabelton.

„Liebster, das verstehst du nicht. Das war ganz harmlos, hat sich so ergeben. Echte Spatzenmänner sind halt doch anders veranlagt als ihr Menschenmänner!", verteidigte sich Marisa beschwichtigend.

„Anders?", entgegnete Micha gereizt. „Die sind nicht viel anders! Bei uns Menschen geht es genauso zu. Fast jede Ehe besteht aus Seitensprüngen wie wir sagen. Das mag ich nicht! Auch wenn es immer mehr gang und gäbe zu sein scheint und sogar innerhalb der Beziehung für beide toleriert wird. Ich gab meiner Spätzin, äh, Frau, das Versprechen, treu und achtungsvoll in guten wie in schlechten Tagen zu ihr zu stehen, sogar, bis dass der Tod uns scheidet! Das ist jetzt wohl längst vorbei! Hinzu kommt, dass immer mehr Menschenfrauen die Nase voll haben vom eingeschlafenen *Zweierleben*. Wenn sie einem tollen Draufgänger oder Hecht, wie wir sagen, zum Beispiel im Büro oder beim Fitness-Training begegnen, dann sind sie Feuer und Flamme. Treue, was soll das noch? Wegen der Kinder? Die fliegen eines Tages doch sowieso hinaus ins eigene Leben - wie bei euch Spatzen! Oft merkt die Partnerin nichts, wenn der Liebste spät heimkommt, weil er noch so viel im Büro zu tun hatte oder für die Dienstreise Vorbereitungen treffen musste. Viele Partner gehen nicht nur ab und zu mal fremd, sondern regelmäßig zu einer *Bekannten* oder gar zu einer *Gewerblichen*, um bei ihr sorglos und ohne empfundenen Treuebruch einfach nur zu *Vögeln!*", beklagte sich Michael mit einem kleinen Erfahrungsbericht, den er von einigen seiner Mitarbeiter oft vertraulich wie ein Beichtvater zu hören bekam. Ein ungewöhnlicher Vertrauensbeweis für einen Chef und sogenannten Vorgesetzten.

„Du hast noch zu viel Menschliches in dir, hörst du? Komm, sei lieb! Reg dich doch nicht so auf. Nun bist du ja wieder da. Alles gut? Ganz ruhig, Liebster, erst Liebe, dann die Arbeit!", fuhr Marisa leise fort und rückte duckend auf ihn zu. Wenn sie ihm so entgegen kam, war er wie betäubt, machtlos. Micha ärgerte sich, dass er sich so federleicht wieder umstimmen ließ, aber er hatte nach dem langen Brüten Lust auf Abwechslung, Bewegung und kitzlige Gefühle. Und so geschah es. Leicht hüpfte er auf sie und ließ seine Flügel wie ein Kolibri vibrierend über ihr erzittern. Kaum war der Liebesakt beendet, schüttelten sich beide und Marisa tschilpte ganz sanft, aber gerade noch hörbar vor sich hin: „Michaschatz?"

„Wenn du so einschmeichelnd flüsterst, heißt das, dass du noch irgendeinen Wunsch hast. Es gibt bestimmt wieder irgendetwas zu tun!"

„Sei doch nicht gleich so empfindlich, Micha! Ich habe nur einen Vorschlag für uns beide, der einfach wichtig ist, da wir ja jetzt endlich ein Nest und schon unser erstes Ei haben!" „Dann *tschilp* mal los!", antwortete Micha neugierig. „Wir wechseln uns beim Brüten nun regelmäßig ab. Du weißt, dass ich noch mindestens drei Eier legen will. Und dazu brauche ich dich immer vorher, damit ich die Eier nicht umsonst lege. Das erste Ei hat mir ganz schön wehgetan beim Rausdrücken. Ich hoffe, dass ich die nächsten leichter legen kann. Es ist wichtig, dass wir einen Plan vereinbaren und uns aufeinander verlassen können!", schlug Marisa vor. „Das musst ausgerechnet du sagen, die immer wieder vom Nest wegfliegt?", tschilpte Micha gereizt und fuhr fort: „Ich fliege gleich wieder davon, wenn du mir dauernd Vorschriften machst! Es gibt sicher auch Spätzinnen, die kein Nest bauen und jeden Tag Eier legen wollen!"

„Dass du dich da mal nicht täuscht, Sperlingmann! Jede Sperlingfrau will ein Nest bauen und Eier legen. Jede! Du wirst hier keine finden, die mit dir dauerhaft nur *just for fun* leben will!", sprudelte es mit festem Schnabellaut aus ihr heraus. Auch strahlte sie die unerschütterliche Gewissheit aus, dass dies so war wie sie es sagte. Ihr teils liebevolles Getue und die täglich mehrmalige und immer wieder sich wiederholende Liebesakrobatik, ihr energischer Schnabelton, das hektische Putzen ihres Gefieders und ihre ständigen Befehle gingen ihm mehr und mehr auf die Nerven.

Dennoch fühlte sich Micha in der Hütte trotz der Geschäftigkeit der vielen Mitbewohner geborgen und sicher. Es war schwierig und aufregend, aus menschlich und vogelgleicher Sicht, ein „Verheirateter" und ein in freier Natur wild lebender Spatzenmann zu sein. Er durfte mit ihr Liebe machen, so oft es ihr einfiel und wenn es ihm einfiel und sie nicht wollte, musste er einfach unbeirrt hinter ihr herfliegen, so lange, bis sie nachgab. Er hätte auch jederzeit fremdgehen können, denn das ist bei Spatzen nichts Unmoralisches.

Kaum war wieder eine Befruchtung erfolgt und ein Tag vergangen, lag ein weiteres Ei im Nest. Immer öfter musste er sich auf weitere Eier setzen. Und immer mehr Wärme entfachen. Sie flog davon, wenn sie genug hatte, kam aber stets wieder. Manchmal brachte sie ihm eine dicke Larve als Leckerbissen mit. Mittlerweile lagen vier Eier im Nest.

Micha musste bei der Brutablösung vorsichtig sein, besonders beim Aufstehen von den Eiern und dann wieder beim Draufsetzen. Marisa hatte damit keine Probleme. Sie flog an den Nestrand, stupste ihn ein wenig; als ob sie ihm mitteilen wollte: „Hey, du bist jetzt dran!" Dann musste er sich erst einmal aus der Erstarrung lösen, sich kurz strecken und die Flügel für den Abflug wie einen Motor anlassen, um auf Futtersuche davonzufliegen. Am Nachmittag bei einem Brutwechsel schaffte sie es doch, ihm mit schnellem Schnabel einige Bauchfedern auszureißen, um das eingesessene Nest wieder neu aufzupolstern. Er musste seinen teils nackten Bauch auf die Eier legen, seine Spatzenbeine vorsichtig dazwischen einfädeln und sich ruhig darauf setzen. Marisa war wieder einmal ausgeflogen. Anfangs kam sie in regelmäßigen Zeitabständen zurück, löste ihn ab, damit er die Flügel ausstrecken konnte und um seine Toilette über den Nestrand fallen zu lassen, die Federn durch seinen Schnabel zurecht zu streichen und am Futtertrog der Esel nach Körnern zu suchen.

Das Brüten wurde immer mehr zu Qual. Er hoffte, dass es endlich zu Ende wäre. Was hatte Marisa gesagt? Nach elf bis dreizehn Tagen ist der Spuk vorbei? Dann schlüpfen die kleinen Vögelchen! Er hatte leider keine Zeit mehr, in einer Süßwasserregenpfütze ein Bad zu nehmen. Obwohl es ihn überall zwischen den Federn juckte. Nur noch Trockenwäsche beim Brutwechsel, dann schnell etwas Futter zu suchen und sich wieder ins Nest zu setzen. Seine Spatzengene funktionierten, aber sein menschlicher Verstand verzweifelte an den täglichen Routinehandlungen. Brüten war Arbeit. Kein Ausruhen wie in den ersten Tagen. Nach der anstrengenden Nestsuche und dem windumtosten Ausflug zum *Cap de Formentor* war das Brüten anfangs eine Ruhephase, aber doch hatte er das Gefühl allmählich einzurosten. Marisa achtete sehr genau auf seine Rückkehr.

War er mal länger weg, was ihm nicht auffiel, fing sie fürchterlich zu schimpfen an. Micha war in die Gesetzmäßigkeit der Spatzengene eingereiht. Er musste sich den Gesetzen der Vogelwelt beugen. Was sollte er machen? Wie könnte er sich in einen Menschen zurück verwandeln? Er dachte immer öfter darüber nach, wie er vielleicht doch wieder Mensch werden könnte. Er saß im Halbdunkel der Hütte im Nest im obersten Balkenwerk, hörte das Schnauben und die *Iaah*-Schreie der fünf Esel. Hinzu kam das Stampfen der Pferde, ihr ab und zu schlürfendes Trinken am zusätzlichen Blechtrog im Stall, ihre Unruhe oder ihr Ausschlagen, das mit quiekenden Lauten verbunden war, wenn die Rangordnung unter ihnen nicht mehr stimmte und neu geregelt werden musste. Micha fühlte sich dann einsam. Er blinzelte nur noch, wendete im Nest wie es ihm seine Gene befahlen mit dem Schnabel in Abständen die Eier, damit sie von allen Seiten Wärme und Sauerstoff zugeführt bekamen. Oft schlief er ein, wurde nur dann jäh wach, wenn freche Spatzennachbarn knapp über seinem Kopf hinwegsausten. Oder Marisa zurückkehrte und ihn mit einigen groben Schnabelhieben wachrüttelte. Vier Eier, das reichte.

Eines Tages begann es unter ihm munter zu werden. Micha vernahm erste, zarte Klopflaute. Er spürte, dass er nicht mehr zum Beflügeln animiert wurde, sondern nur noch zum Brüten da war. Da fiel ihm seine Frau Iris ein. Dieses tolle Weib, das man knutschen und umarmen konnte. Die sich früher über ihn hergemacht hatte, ihn packte, mit ihm kuschelte und ihn streichelte - auch, wenn er nicht wollte. Sie nahm genauso wenig Rücksicht auf ihn wie Marisa. Dennoch vermisste er ihr Lachen, ihre aufreizende Stimme, die ganze Vielfalt ihrer Blicke. Und er sehnte sich so sehr nach ihrem weichen Kosemund, der süß nach Lippenstift duftete. Und nach ihrer unkomplizierten Art, mit ihm zu schlafen, nach ihren Gelüsten mit ihm Sex zu kosten. Er vermisste ebenso seine Töchter, ganz besonders seine kleine Miri. Was wohl Frau und Töchter denken werden und ob sie ihn immer noch suchten? In seiner Fantasie war im Hotel sicher die Hölle los. Die Polizei von Palma war vermutlich schon beim Ermitteln und Suchen nach dem verschwundenen Ehemann und Vater. Die Altstadt würde auf den Kopf gestellt und der Strand würde abgesucht werden. Taucher würden sicher mit der Strandwasserwacht weit hinaus aufs Meer fahren, um seine vermeintliche Wasserleiche aufzufischen. Wenn die wüssten, dass er ein Spatz geworden war.

Mit dem Schlüpfen der Spatzenbabies dachte er sofort jedes Mal an seine beiden Töchter Vanessa und Miriam. Es wurde ihm bei der Vorstellung, sie beide Hand in Hand lachend am Strand auf ihn zulaufen zu sehen, wie sie in seine Arme rannten, ganz schwer um das kleine aufgeregt schlagende Spatzenherz.

Geflatter und warnende Schreie einer Amsel rissen ihn aus seiner Melancholie und den zunehmenden Depressionen heraus. Micha reckte seinen Hals über den Nestrand und schaute nach unten in die Scheune. Da schlich auf leisen Sohlen eine weiß-schwarz gefleckte Katze zum Eingang herein, setzte sich gemütlich und begann in aller Seelenruhe Katzenwäsche zu betreiben, sich am Hals zu lecken, erst die rechte Pfote entlang bis zu den Krallen, dann die linke Pfote. Einige Spatzen flogen entsetzt aufgeschreckt aus der Hütte. Das Rotkehlchenweibchen flüchtete aus ihrem Nest, das weiter unten in einer verstaubten Droschke gut getarnt versteckt brütete.

Micha blieb ruhig sitzen, das zweite Kleine war dem Ei entschlüpft und starrte ihn mit blinden Augenperlen an. Sein Kind. Jetzt wurde ihm die Vaterschaft erst richtig bewusst. Das zuerst geschlüpfte Baby wurde von Tag zu Tag munterer. Es sperrte laut kreischend den gelbumrandeten Schnabel weit auf. Papa Michael musste Nahrung holen und dem Kleinen eine Mücke in den sich munter bewegenden Schnabel, der wie ein Futtertrichter aussah, hineinstopfen. Marisa kam immer seltener. Micha schaute in die Runde der Scheune und sah drüben auf dem gegenüberliegenden Balken zu seinem großen Schrecken wie seine Marisa eifrig mit einem Spatzen flirtete. Genauso wie sie es mit ihm „getrieben" hatte. Sie gurrte wie eine Taube um den frechen Liebhaber, der sich ihrem Geturtel nicht entziehen wollte. Sie war es doch, die den Fremden anmachte! Mit Erfolg. Der fremde Spatz fackelte nicht lange. Und schon saß er auf ihr. „Liebe verleiht Flügel! Und nicht nur das. Liebe macht auch blind!", sinnierte Michael vor sich hin.

„Wo kein Kläger und so weiter…", dachte Micha. Wenn es aus ist, ist´s vorbei. Es waren genügend andere Partner vorhanden. Und es ist bei den Spatzen blitzschnell Ersatz gefunden, ähnlich wie aktuell digital über Single-Portale bei den Menschen. „Dann sind wohl die Jungen, die jetzt geschlüpft waren, vielleicht nicht alle von mir?", dachte er halblaut vor sich hin.

So eine gemeine Spätzin! Marisa liebte bereits auch andere Spatzenmänner. Er wollte es nicht wahrhaben. Er wurde vor seinen Augen betrogen. Marisa sah darin keine Verfehlung. Sie wurde oft von frechen Spatzenmännern verfolgt. Und wenn es ihr zu viel wurde, ließ sie einen Verfolger zum Ziel kommen und suchte danach das Weite. Das war doch okay!?

Das Füttern der Kleinen war Schwerstarbeit. Marisa war in der Beschaffung von kleinen Leckerbissen immer nachlässiger geworden. Micha regte sich wahnsinnig darüber auf, hüpfte für kurze Zeit aus dem Nest und putzte hastig sein Gefieder als hätte ihm jemand feinen Sand zwischen sein Federkleid geschüttet.

„Der werde ich was erzählen!", klappte er zornig mit seinem Schnabel auf und ab. Aber als sie, die geliebte Marisa, satt mit Futter beladen am Nestrand erschien und die Vierlinge fütterte, schaute er voller Stolz zu, wie seine Kleinen mit langsam wachsendem Federflaum durcheinander tschilpten und jeder seinen Schnabel am höchsten der Mami entgegen zu strecken versuchte. Wie Menschenkinder im Kindergarten. Jeder wollte der Erste sein, um so viel Futter wie nur möglich zu bekommen. Seit mehreren Tagen war Marisa nun schon unterwegs. Er wurde immer trauriger. Sollte er seine Kinder allein zurücklassen, um nach ihr Ausschau zu halten und sie vor allen Spatzen anklagend bloßzustellen? Das würde doch keinen Vogel interessieren. Sie würden ihn doch alle austschilpen. Wollte sie nichts mehr von ihm wissen? War er nur dazu verdammt, auf einmal alleinerziehender Spatzenvater zu sein? Oder war sie mit einem neuen Kerl ganz und gar abgehauen?

Es begann zu dämmern. Sie war immer noch nicht da. *„Marisa, Marisa!"*, hätte er am liebsten laut nach ihr getschilpt. Sollte er nun alles alleine machen? Draußen vor der Hütte kam wieder Wind auf. Es regnete erste dicke Tropfen und er brauchte dringend was zu Schnabulieren für seine Kleinen.

Das große Erwachen

Beim ersten Morgengrauen saß er immer noch schwer atmend im Nest. Seine Nestkinder waren teils eingenickt vom vielen hin und her wackeln der kleinen regenwurmartigen rosa Hälsen und den ständig aufgesperrten Schnäbeln, die ihn immer wieder stupsten und kitzelten. Diese kleine Spatzenmeute hatte lauthals tschilpenden Riesenhunger! Micha war alles zu viel. Und das Schlimmste war, dass Marisa noch immer nicht da war. So sehr er zwischen all dem Geflatter und den Schafs- und Eselsrufen nach ihr Ausschau hielt, sie kam einfach nicht. Nicht am anderen Tag und auch nicht am darauffolgenden, sie tauchte nicht auf. War ihr etwas passiert? Wenn sie nun gar nicht mehr heim käme? Wie sollte er dann die Kleinen bewachen und auf Nahrungssuche gehen? War es von Mutter Natur nicht göttlich eingerichtet, dass sie sich beim „Brutgeschäft" abwechselten? Wenn auch nicht immer fair und ausgewogen. Es blieb ihm nichts anderes übrig, als eine riskante Entscheidung zu treffen.

So verließ er ganz kurz das Nest, pickte ein paar Körner auf und dazu noch einige Larven, die in einem feucht faulenden Baumstamm versteckt lebten. Micha Sperling hatte den Schnabel gründlich voll und das nicht nur voller Maden und Körner. Wie kurz vor der Verwandlung hatte er jetzt den sehnlichsten Wunsch, sich verwandeln zu können. Erneut kostete er die Qual des Wünschens, noch ein einziges Mal wieder in einen Banker, Ehemann und Vater zurückverwandelt zu werden. Wenn es doch nur noch einmal gelingen könnte!

Die Jungen im Nest lagen teils noch unter ihm, kämpften sich schon seitlich durch sein Gefieder, kitzelten ihn unerträglich und quengelten mit jedem Tag lauter nach Futter. Er aber dachte sehnsüchtig an seine drei Menschenfrauen. Endlich wieder einmal umarmen und umarmt werden. In die Augen schauen können, lachen, sich berühren. Alles bäumte sich in ihm auf. Sein flehendes Tschilpen, mit der Bitte an das Schicksal, ihn noch einmal zu erhören, zurück zu verzaubern, wieder einen echten Zweibeiner aus ihm zu machen. Einer, der dann genau und für alle Zeiten wüsste, wo er hingehörte.

Micha drehte sich immer unruhiger und nach Luft ringend im Sessel wie im Nest nach rechts und links. Sein Herz klopfte laut. Er schwitzte auf der Stirn kleine Schweißperlen, die ihm wie Rinnsale über das Gesicht und die Wangen herunter liefen. Sein T-Shirt war unter den Armen und auf der Brust feucht geworden. Er schlug mit den Händen flügelgleich hoch und nieder als ob er sich wie nach Vogelart aus dem Nest erheben wollte.

Da platzte die Tür auf. Er hatte sie nicht abgeschlossen. Nur das Zimmerschild baumelte noch und fiel beim Öffnen zu Boden. Herein stürzten Vanessa und Miri und riefen laut: „Papa, Papa, wir sind wieder da!" Sie stellten die prall gefüllten Tüten auf den Couchtisch und wunderten sich, dass Papa im Sessel vor dem großen Fenster jäh hochfuhr, total erschrocken und verschwitzt, mit nasser Stirn wie aus einem tiefen Schlaf aufgeschreckt.

Michael umarmte voller Freude zuerst Miri, dann Vanessa. „Ich bin ja so froh, dass Ihr wieder da seid! Ich bin total eingeschlafen, hatte einen ganz verrückten Traum, so ungewöhnlich, dass ich ihn euch kaum erzählen kann."

Michael noch verdattert und ziemlich durcheinander, aber doch schnell gefasst, küsste Iris ungewohnt leidenschaftlich. Er war erleichtert und so glücklich, dass er keine Spatzenjungen unter und neben sich quengeln spürte. Die Qual des Wartens auf Marisa war wie weggeblasen. Wieder Michael Sperling sein! Der Traum war so tief und hatte ihn ganz fest im Griff gehabt. Das war unglaublich! Als er sich kurz schüttelte und wieder zur Besinnung gekommen war, musste er sich erst einmal auf die Zimmertoilette zurückziehen. Dort konnte er nicht begreifen, was er gerade wie in einem Fieberwahn geträumt hatte.

Nachdem er einigermaßen in die Realität zurück fand, nahm er sich wie einen Neujahrswunsch vor, mit Frau und Töchtern das Zusammenleben grundlegend zu überdenken und neu zu gestalten. Er wollte mehr auf seine Familie achten, vor allem mehr zuhören, nicht anordnen und immer wieder gegen seine Frau ankämpfen und er meinte, fest mit sich ins Gericht gehend, er müsse einfach gelassener werden. Und auch in seiner Bank bei der Rückkehr sofort mit seinem Chef reden. Was sich inzwischen dort wohl getan haben mag?

So war es keine Schnapsidee, dass er auch gleichzeitig beschloss, nächstes Jahr mit Iris einmal allein nach Alcúdia zu fliegen, mit ihr diese herrliche Stadt zu zweit zu genießen. Und vielleicht wieder einmal wilden Spaß wie früher mit ihr zu haben. Da klopfte wohl Iris gegen die Toilettentür und rief ihn zum

Abendessen. Er kam sogleich heraus und sah alle drei wie seine Traumspatzenkinder vor sich stehen. „Papa, was machst du denn so lange auf der Toilette?" Micha sagte nur freudig: „Bin ja schon da!"

Das war ein toller Neubeginn in der Hoffnung, sich selbst als Paar liebevoller zu entdecken und zu versuchen, im Ehealltag nach dem Urlaub vielleicht wieder aufregendes Knistern gemeinsam zu finden und mit achtsam liebevoller Aufmerksamkeit das Leben in Zweisamkeit und in Familie wie neu zu gestalten und zu leben.

Als sie alle fröhlich versammelt zum Abendmenü auf der Hotelterrasse Platz genommen hatten, sah Michael ein Spatzenpaar fröhlich tschilpend im Abstand von einem noch unbesetzten Tisch auf einer Stuhllehne sitzen und dachte, er träume schon wieder. Das Tschilpen klang ihm noch vertrauter als je zuvor. Und beim näheren Hinschauen hatte er den Eindruck als ob die Spätzin ihm zuzwinkerte. War das etwa Marisa? Ob sie ihn wohl erkannt hatte und sich nun endgültig von ihm verabschieden wollte? Sie hatte ja bereits einen neuen Nachfolger im Schlepptau.

Traum und Realität schienen an diesem lauen Sommerurlaubsabend wie Meereswellen ineinander zu strömen.

Iris dagegen wedelte genervt in ausladender Gestik mit der Speisekarte um sich, als das Spatzenpaar direkt über ihren Köpfen aufflog. Für einen Moment lang blickte Michael ihnen noch nach, vertraut und doch ganz bei sich und seiner Menschenfamilie, die er jetzt mit großer, befreiender Erleichterung anstrahlte.

Herzlichen Dank!

Meiner Tochter Aniela

(Masterstudium Kommunikations- und Medienwissenschaft) Sie lektorierte sorgfältig meine Spatzengeschichte mit weiteren tollen Ideen zur Handlung.
Diese so einmalig wertvolle literarische Zusammenarbeit wie schon ihr Lektorieren bei meinem deutsch-polnischen Görlitzer Katzenbuch Görli und Gregorek (2011), ist für mich als Autor und Vater ein ganz starkes, unvergessliches Erlebnis und ein weiterer großer Meilenstein in meinem Leben.

Jens Biertümpfel

für seine farbenprächtigen Aquarellzeichnungen, die jede Menge Lust auf Mallorca entfachen und die Geschichte lebendig machen.
Auch für seine überaus große Geduld, meine Bildergänzungswünsche aufzugreifen und wirkungsvoll zu integrieren. Ebenso für die Gesamtgestaltung und die digitale Umsetzung des Buches. Das war echtes Teamwork!

104

Weitere Bücher von Joachim Otto

Maiandacht
Eine Kindseligkeit in Niederbayern, 1996
(vergriffen, über e-bay erhältlich)

„Wenn du so wärst wie deine Briefe!"
Briefroman, 2002
BoD - Books on Demand, Norderstedt

„Meine Wurzeln in deiner Heimat"
2006
(vergriffen, über e-bay erhältlich)

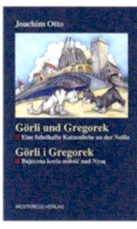

„Görli und Gregorek. Eine fabelhafte Katzenliebe an der Neiße"
In Deutsch und Polnisch, 2011
WESTKREUZ-Verlag, Berlin

Beiträge in Anthologien und weiteren Gedichtbänden:
„Kein Tag-für-Tag-Sohn",
„Muttertag",
„Oase für Lustwandler",
„Auf den Spuren meiner schlesischen Heimat",
„fluchtkindheit",
„wurzelnah angekommen".
Teilnahme an Poetry Slams sowie beim Nach(t)lesen in
Görlitz.

Nicht nur Lesen macht Freude!
Auch eine tolle Städtereise nach Görlitz!

Entdecken Sie Görlitz, die internationale Filmstadt und somit gleichsam das Drehbuch einer hochkulturellen Grenzflussstadt. Traumhaftes Jahrhunderteflimmern aller Baustile und Denkmäler. Jene unbeschreibliche Atmosphäre, die berührt, verzaubert und immer wiederkommen lässt.

Meine Frau **Angela Otto** trägt mit ihren wunderschönen Görlitzer Ferienwohnungen im Herzen der Altstadt wie **AltstadtZauber**, **AltstadtLeben** und **AltstadtTraum** mit dazu bei.

Anfragen unter:
0151-46674373
oder über
www.altstadtzauberferienwohnungen.wordpress.com

Autor Joachim Otto

Seit 2007 lebt der 1941 in Lauban/ Niederschlesien geborene Autor und Vater zweier erwachsener Kinder in Görlitz. Flucht 1945 über Niederbayern nach Württemberg. Abitur, Wehrdienst, Studium Werbung und Marketing in Stuttgart und Hamburg. Lehr- und Wanderjahre in Hamburg. 34Jahre im Marketing bei der Wüstenrot Bausparkasse Bank und Versicherung in Ludwigsburg. Der Autor setzt sich für die deutsch-polnische Zusammenarbeit und für gemeinsames europäisches Denken und Handeln ein. 2002 urlaubte er mit Frau und Tochter in Alcúdia, notierte sich damals seine Idee der Spatzengeschichte, um sie 2018 aufzubereiten und so aus dem langen Schubladenschlaf erwachen zu lassen.

Illustrator Jens Biertümpfel

Die Illustrationen zu diesem Buch stammen von Jens Biertümpfel (Jahrgang 1973). Verheiratet und Vater zweier Kinder. Er beschäftigt sich heute beruflich mit Softwareentwicklung und Anwenderbetreuung in einem großen Technologiekonzern. Dem voraus gingen eine Lehre zum Werkzeugmechaniker und anschließend ein Studium der Medizintechnik. Seit seiner Kindheit malt und zeichnet der Jenenser in seiner Freizeit. Während der Schulzeit interessierte er sich auch für plastisches Gestalten an der Jenaer Musik- und Kunstschule. Als Autodidakt gilt seine Vorliebe Landschaftsansichten und insbesondere Städteansichten in Aquarell und Öl. Aber auch Zeichnungen mit Tusche oder Bleistift gehören zu seinem Repertoire.